Bianca

CONELY BRANCH LIBRARY
4600 MARTIN
DETROIT, MI 48210
(313) 224-6461

Una segunda luna de miel
Michelle Reid

PLEASE DETROIT PUBLIC LIBRARY

HARLEQUIN

OCT - 2011

Editado por HARLEQUIN IBÉRICA, S.A.
Núñez de Balboa, 56
28001 Madrid

© 2011 Michelle Reid. Todos los derechos reservados.
UNA SEGUNDA LUNA DE MIEL, N.º 2079 - 25.5.11
Título original: After Their Vows
Publicada originalmente por Mills & Boon®, Ltd., Londres.

Todos los derechos están reservados incluidos los de reproducción,
total o parcial. Esta edición ha sido publicada con permiso de
Harlequin Enterprises II BV.
Todos los personajes de este libro son ficticios. Cualquier parecido
con alguna persona, viva o muerta, es pura coincidencia.
® Harlequin, logotipo Harlequin y Bianca son marcas registradas
por Harlequin Books S.A.
® y ™ son marcas registradas por Harlequin Enterprises Limited y
sus filiales, utilizadas con licencia. Las marcas que lleven ® están
registradas en la Oficina Española de Patentes y Marcas y en otros
países.

I.S.B.N.: 978-84-671-9997-0
Depósito legal: B-11372-2011
Editor responsable: Luis Pugni
Preimpresión y fotomecánica: M.T. Color & Diseño, S.L.
C/ Colquide, 6 portal 2 - 3º H. 28230 Las Rozas (Madrid)
Impresión en Black print CPI (Barcelona)
Fecha impresion para Argentina: 21.11.11
Distribuidor exclusivo para España: LOGISTA
Distribuidor para México: CODIPLYRSA
Distribuidores para Argentina: interior, BERTRAN, S.A.C. Vélez
Sársfield, 1950. Cap. Fed./ Buenos Aires y Gran Buenos Aires,
VACCARO SÁNCHEZ y Cía, S.A.
Distribuidor para Chile: DISTRIBUIDORA ALFA, S.A.

CONELY BRANCH

Capítulo 1

QUÉ QUIERES que haga?

Sentado tras el escritorio, estudiando un informe con gesto impasible, Roque de Calvhos respondió:

–No quiero que hagas nada.

Mark Lander frunció el ceño porque no hacer nada era algo que Roque no podía permitirse.

–Ella podría crear problemas –se atrevió a decir, sabiendo que su jefe, más joven que él, no aceptaba interferencias en su vida privada.

Roque de Calvhos era un hombre implacable. Cuando Eduardo de Calvhos murió repentinamente tres años antes, nadie había esperado que su hijo, un notorio playboy, se hiciera cargo de la empresa. Pero lo hizo y empezó a tomar decisiones que la mayoría del consejo de administración había visto como desastrosas.

Tres años después, sin embargo, habían tenido que admitir que estaban equivocados. Lo que Roque había hecho con la enorme corporación que formaba el imperio De Calvhos había dejado en la sombra el colosal éxito de su padre. Y ahora, el consejo de administración se mostraba obsequioso y respetuoso con Roque, un joven de treinta y dos años.

Si el mundo empresarial pudiese otorgar tal premio, Roque de Calvhos tendría alas. Además, era tremendamente alto y apuesto, insufriblemente relajado y tan indescifrable que aún había algún tonto por ahí que se atrevía a subestimarlo, para descubrir después de la peor manera posible que eso era un tremendo error.

Su esposa, que había pedido el divorcio, no era una de esas personas.

—Sólo cita diferencias irreconciliables. Piénsalo, Roque —le aconsejó Mark—. Angie te está dejando el campo libre.

Roque se echó hacia atrás en la silla para mirar a su abogado. Sus ojos, tan oscuros como su pelo perfectamente peinado, no revelaban nada mientras lo estudiaba en silencio.

—Sé que mi mujer no firmó un acuerdo de separación de bienes, pero Angie no es avariciosa, yo lo sé bien. Confío en que no intente despellejarme vivo.

—Eso depende de qué consideres tú despellejarte vivo —respondió Mark—. Tal vez no quiera tu dinero, estoy de acuerdo. De haberlo querido, lo habría exigido hace tiempo. Pero no estoy tan seguro de que no sea capaz de ensuciar tu buen nombre. Quiere este divorcio y si sólo puede conseguirlo jugando sucio, lo hará. ¿Estás dispuesto a dejar que alegue adulterio por tu parte para conseguir lo que quiere? Si decide hacerlo, será imposible que esto no se convierta en algo público y tú sabes tan bien como yo que eso no sería beneficioso para la empresa.

Roque apretó los dientes, frustrado porque sabía que Mark tenía razón.

El playboy y las dos supermodelos... los titulares y los cotilleos empezarían de nuevo. La última vez habían durado semanas, recordando su pasado como despreocupado playboy.

–Angie cree que te acostaste con Nadia. Ella misma se lo dijo porque quería romper tu matrimonio –siguió Mark.

–Y lo consiguió –murmuró Roque.

–Tuviste suerte entonces, cuando Angie decidió guardar silencio para que no saliera publicado en todas partes.

Los motivos de su mujer para no decir nada eran otros, pensó Roque. Estaba dolida, tenía el corazón roto y lo odiaba por habérselo roto.

Angie había provocado sensación en los medios cuando dejó su carrera de modelo y desapareció. Roque contrató a un ejército de gente que la buscó por toda Europa, pero nadie logró encontrarla. Incluso había interrogado a su hermano, esperando que le dijera dónde estaba pero Alex, que entonces tenía dieciocho años, no le había dicho nada porque disfrutaba viéndolo sufrir.

Cuando Angie apareció por fin, entró tranquilamente en CGM Management y le pidió a su antigua jefa, Carla, un trabajo en la oficina. Ahora trabajaba en la recepción de la famosa agencia de modelos y ni una sola vez en todo el año había vuelto a ponerse en contacto con él.

Y había pedido tranquilamente el divorcio, como si pensara que él iba a dar saltos de alegría.

Roque bajó la mirada, pensando en su relación con su dolida esposa inglesa.

Le gustaría que Angie le suplicase que volvieran a intentarlo; su orgullo herido lo exigía. Y, desgraciadamente para ella, tenía la herramienta perfecta para conseguirlo. Estaba pensando en algo de lo que Mark no sabía absolutamente nada...

–Nada de divorcio –anunció, haciendo que el abogado diera un brinco de sorpresa.

–Yo me encargaría de todo, tú no tendrías que preocuparte para nada.

–*A esperança é a última que morre* –murmuró Roque, sin percatarse de que estaba hablando en su idioma nativo, el portugués–. La esperanza es lo último que se pierde –tradujo rápidamente al darse cuenta de ello.

Y era cierto, tenía esperanzas de convencer a Angie.

Pero no las tenía de convencer al hermano de Angie.

Cuando Mark por fin dejó de intentar convencerlo y salió del despacho, Roque se quedó pensativo unos minutos. Pero después abrió un cajón de su escritorio para sacar un sobre, llamó a su chófer, se levantó y salió elegantemente del despacho.

–Cambridge –le dijo al chófer.

Después de eso se relajó en el asiento y cerró los ojos, pensando en colocar un pez pequeño en el anzuelo para pescar otro más grande.

El ambiente en la cocina de Angie era asfixiante.

–¿Que has hecho qué? –exclamó.

–Ya me has oído –contestó su hermano.

Sí, lo había oído, desde luego, pero eso no significaba que pudiese creerlo.

Angie dejó escapar un suspiro. Cuando llegó del trabajo esa tarde y encontró a Alex esperándola se alegró tanto de verlo que no se le ocurrió preguntarle por qué había ido allí desde Cambridge a mediados de semana sin avisar. Ahora entendía por qué, claro.

–¿De modo que en lugar de estudiar como es tu obligación, te has dedicado a apostar dinero en Internet?

–Invertir en bolsa no es apostar dinero –replicó Alex.

–¿Y cómo lo llamas entonces?

–Especular.

–¡Es lo mismo pero con otro nombre! –exclamó ella.

–No, no lo es. Todo el mundo lo hace en la facultad. Se puede ganar una fortuna si te informas un poco...

–Me da igual lo que hagan los demás, Alex. Sólo me importas tú y lo que tú hagas. Y si has hecho una fortuna especulando en bolsa, ¿por qué has venido a decirme que tienes deudas?

Como un cervatillo acorralado, su hermano de diecinueve años y metro ochenta y cinco se levantó de golpe. Nervioso, se colocó frente a la ventana con las manos en los bolsillos de la cazadora y Angie le dio un minuto para calmarse antes de continuar:

–Creo que es hora de que me digas cuánto dinero debes.

–No te va a gustar.

Angie sabía que no. Ella odiaba las deudas, le daban pánico. Siempre había sido así, desde los diecisiete años, cuando sus padres murieron en un accidente de coche, dejándola al cuidado de un niño de trece años. Fue entonces cuando descubrieron que su privilegiado estilo de vida estaba hipotecado y lo poco que pudieron salvar apenas había sido suficiente para pagar el colegio de Alex. Angie tuvo que dejar sus estudios y trabajar en dos sitios para sobrevivir...

De no haber sido por un encuentro casual con la propietaria de una agencia de modelos, no quería ni pensar qué habría sido de su hermano y de ella.

Para entonces llevaba doce meses trabajando tras el mostrador de cosméticos de unos grandes almacenes londinenses durante el día y sirviendo mesas por la noche en un restaurante, antes de volver a su apartamento para dormir unas cuantas horas y repetir el proceso al día siguiente.

Pero entonces apareció Carla Gail, que había entrado en los grandes almacenes para comprar un perfume. Carla había visto algo interesante en su delgada figura, exagerada entonces porque no comía bien, en sus ojos de color esmeralda y en el brillante pelo castaño rojizo en contraste con su pálida piel. Y, sin saber cómo había pasado, Angie se encontró en el mundo de la moda, ganando cantidades fabulosas de dinero.

Unos meses después, era la modelo que todos los diseñadores querían en su pasarela y en las portadas de las revistas. Y durante los tres años siguientes había viajado por todo el mundo, esperando durante horas mientras los diseñadores le ajustaban sus creaciones o posando frente a las cámaras. Y para ella había sido un milagro porque con ese dinero podía darle a Alex la mejor educación posible.

Cuando su hermano consiguió una plaza en la universidad de Cambridge se sintió tan feliz y tan orgullosa como se hubieran sentido sus padres. Y lo había hecho todo sin endeudarse con nadie.

–Para ti es fácil hablar –la voz de Alex interrumpió sus pensamientos–. Tú has tenido dinero, pero yo no lo he tenido nunca.

–Yo te daba una cantidad semanal y nunca te he negado nada.

–Pero a mí no me gusta pedir.

Enfadada por tan injusta respuesta, Angie tardó unos minutos en responder:

–Vamos, dímelo de una vez: ¿cuánto dinero debes?

Alex mencionó una cantidad que la dejó helada.

–Lo dirás de broma.

–Ojalá fuera así –murmuró Alex.

–¿Has dicho cincuenta mil libras?

Su hermano se dio la vuelta, con la cara colorada.

—No tienes que repetirlo.

—¿Y de dónde has sacado el dinero para especular?

—Roque.

¿Roque?

Durante un segundo, Angie pensó que iba a desmayarse.

—¿Estás diciendo que Roque te ha animado a que jugaras en bolsa?

—¡No! —exclamó Alex—. Yo nunca hubiera aceptado su consejo. Tú sabes que le odio. Después de lo que te hizo...

—¿Entonces qué estás diciendo? —lo interrumpió ella—. Porque no entiendo nada.

Alex suspiró, mirando sus zapatillas de deporte.

—Usé una de tus tarjetas de crédito.

—Pero si yo no tengo tarjetas de crédito.

Usaba una tarjeta de débito, necesaria para todo el mundo hoy en día, pero nunca había tenido una tarjeta de crédito porque era una tentación para comprar aunque no tuvieses dinero y ésa era la mejor manera de acabar endeudado hasta el cuello.

—La que te dio Roque.

Angie parpadeó. La tarjeta que le dio Roque,

la que nunca había usado aunque seguía teniéndola...

–La encontré en el cajón de tu mesilla la última vez que estuve aquí.

–¿Has estado hurgando entre mis cosas? –exclamó ella, atónita.

Alex se pasó una mano por el pelo, nervioso.

–¡Lo siento! –gritó–. No sé por qué lo hice, de verdad. Necesitaba dinero y no quería pedírtelo, así que miré en la mesilla por si tenías algo de dinero suelto y cuando vi la tarjeta la tomé sin pensar. ¡Tenía su nombre escrito, el famoso grupo De Calvhos! –exclamó, mostrando su odio por un hombre con el que nunca había intentado llevarse bien–. Al principio pensé cortarla en pedazos y enviársela... como un mensaje. Y luego me dije a mí mismo: ¿por qué no voy a usarla para darle donde más le duele? Fue muy fácil...

Angie había dejado de escuchar. Estaba tan segura de que iba a desmayarse que tuvo que buscar una silla.

Roque...

–No puedo creer que me hayas hecho algo así.

–¿Qué quieres que diga? Cometí una estupidez y lo siento de verdad. Pero se supone que él debería cuidar de ti. Tú mereces que alguien cuide de ti para variar. En lugar de eso, te engañó con Nadia Sanchez y... bueno, ahora mírate.

–¿Por qué dices eso?

–Antes eras una modelo famosa –dijo Alex–. No se podía mirar alrededor sin ver tu fotografía en alguna parte. Mis amigos me envidiaban por tener una hermana tan guapa y se peleaban por conocerte. Pero entonces apareció Roque y dejaste de trabajar porque a él no le gustaba...

–Eso no es cierto.

–¡Sí lo es! –exclamó su hermano–. Roque es arrogante, egoísta y quería dirigir tu vida como si fuera un tirano. No le gustaba tu trabajo y no le gustaba que cuidases de mí.

Había cierta verdad en esa última frase. Roque había exigido su atención exclusiva. De hecho, había exigido su lealtad, su atención, su tiempo y su deseo por él entre las sábanas...

–Ahora trabajas como secretaria para la misma agencia que solía ponerte una alfombra roja y tienes que ahorrar para llegar a fin de mes mientras él viaja en su jet privado...

–¿Cómo puedes haber hecho algo así?

–No me atrevía a pedirte dinero. Además, Roque me debe algo por lo que te ha hecho...

–¡A ti no te debe nada! –exclamó Angie–. Roque fue un error mío, no tuyo. A ti no te ha hecho nada.

–Lo dirás de broma –replicó su hermano–. Me robó a la hermana de la que estaba tan orgulloso y me dejó con una sombra de lo que era. ¿Dónde está tu alegría, Angie? ¿Tu estilo, tu elegancia? Roque se ha llevado todo eso –se contestó Alex a sí mismo–. Si no te hubiera engañado con esa modelo, no irías por ahí como si te faltase el aire y seguirías siendo una modelo famosa. Tendrías dinero y yo no me habría visto obligado a robar la tarjeta de crédito porque me lo habrías dado tú.

Angie sacudió la cabeza, incrédula. Lo que más le dolía era contemplar el verdadero rostro del hermano al que tanto quería. En su deseo de hacerlo feliz lo había convertido en un egoísta, en un niño malcriado que culpaba a los demás por sus propios errores. Un petulante niñato a quien le parecía bien robar si así conseguía lo que quería.

¿Qué había dicho Roque durante una de sus peleas con Alex? «Si sigues sacándolo de apuros, acabarás convirtiéndolo en un monstruo».

Esa predicción se había hecho realidad, pensó Angie. Aunque Roque no tenía ningún derecho a criticar cómo había educado a un adolescente rebelde y dolido cuando él lo había tenido todo desde niño.

Alex sólo tenía diecisiete años cuando conoció a Roque, aún estaba en el internado y dependía de ella para todo. En cambio, Roque de Calvhos era un hombre que conseguía todo lo quería y tenía el mundo a sus pies. Alex y su marido se peleaban tanto que, algunas veces, había sentido como si cada uno tirase de ella en una dirección, amenazando con romperla.

Por un lado estaba su hermano, que hacía novillos para irse de juerga con sus amigos y se metía en peleas, obligándola a ir a Hampshire para hablar con el director del internado. Por otro, Roque se enfadaba con ella por darle todos los caprichos...

Pero se sintió muy orgullosa cuando Alex consiguió una plaza en la universidad de Cambridge y durante el último año se había dedicado a estudiar, sin darle problemas.

No, no era cierto, pensó entonces. Alex no había estado estudiando sino especulando con un dinero que no era suyo.

–Le odio –dijo su hermano–. Debería haberlo desplumado. Debería haber comprado un yate... o un avión privado como el suyo en lugar de quedarme en la habitación de la universidad, intentando gastarme su dinero antes de que él se diera cuenta...

Alex cerró la boca de golpe y Angie se levantó de un salto.

–Termina la frase.

–Roque ha ido a verme a la universidad –le confesó su hermano–. Y amenazó con romperme el cuello si no... la cuestión es que quiere el dinero y me ha dicho que, si no se lo devuelvo, llamará a la policía.

¿La policía? Angie tuvo que volver a sentarse.

—Y tengo miedo porque creo que hablaba en serio. De hecho, sé que hablaba en serio.

Angie también. Roque no amenazaba en vano, pensó con amargura recordando ese último encuentro, cuando Roque y ella se habían enfrentado como enemigos descarnados y no como marido y mujer.

—Te lo advierto, Angie, ve a ayudar a tu hermano otra vez y encontraré a otra persona para que ocupe tu sitio esta noche.

Ella se había ido. Él había encontrado a Nadia. Su matrimonio se había roto.

—¿Y cómo espera que le devuelvas el dinero, Alex? —le preguntó, con un nudo en la garganta.

Su hermano sacó algo del bolsillo del pantalón.

—Me ha dicho que te diera esto.

Era una tarjeta de visita que dejó sobre la mesa, frente a ella, con el nombre *Roque Agostinho de Calvhos* impreso en elegante letra negra y el escudo familiar que coronaba el mundo de Roque, desde su empresa de inversiones a algunos de los mejores viñedos en Portugal o las tierras heredadas en Brasil.

–Ha escrito algo al dorso –añadió su hermano.

Angie tomó la tarjeta con dedos helados.

Te espero a las ocho en el apartamento. No llegues tarde.

Si pudiera, se habría reído. Pero no podía hacerlo.

La última frase era típica de él por su costumbre de llegar tarde a las citas. Siempre lo hacía esperar en restaurantes y aeropuertos. O en el apartamento, mientras corría de un lado a otro intentando arreglarse. Una noche, lo encontró sentado en un sillón, vestido de esmoquin, sus generosos y sensuales labios fruncidos en un gesto de impaciencia. Era lógico que se hubiera impacientado con ella, ¿pero tanto como para buscar a otra mujer?

Y no sólo otra mujer, sino una ex novia.

–¿Vas a ir a verlo?

Angie asintió con la cabeza.

–¿Qué otra cosa puedo hacer?

–Gracias –su hermano dejó escapar un largo suspiro–. Sabía que no me dejarías colgado.

Y lo mismo pensaba Roque, con toda certeza.

Desesperado por escapar después de haberle confesado aquello, Alex se dirigía a la puerta cuando Angie lo detuvo.

–¿Dónde esta la tarjeta de crédito?

–Se la llevó Roque.

–Muy bien –murmuró ella, sin mirarlo.

Su casa siempre había sido la casa de Alex, que tenía su propia llave. Era su hermano, su familia. Y uno debería poder confiar en la familia.

Como si supiera lo que estaba pensando, Alex la miró con gesto arrepentido.

–De verdad que lo siento mucho, Angie. Siento todo esto... y sobre todo cargarte a ti con ello.

Lo había hecho porque era una costumbre, porque ella siempre lo había sacado de apuros.

–Pero te prometo que nunca más volveré a hacer algo así.

Cuando lo miró, Angie vio el pelo y la nariz de su padre y los ojos y la boca de su madre. Pero hizo un esfuerzo para no abrazarlo, para no decirle que todo iba a salir bien. Por primera vez desde que se quedaron huérfanos, se contuvo.

–Te llamaré después –fue lo único que dijo.

Unos segundos después, Alex se dio la vuelta y salió del apartamento, dejándola sola con la tarjeta de Roque y su breve mensaje.

Te espero a las ocho en el apartamento. No llegues tarde.

Una manera sucinta de enviar un mensaje. Sabía que habría recibido ya los papeles del divorcio y aquélla era su respuesta, enviada a través de su hermano.

Te espero a las ocho en el apartamento. No llegues tarde.

Angie respiró profundamente para darse valor. Muy bien, podía hacerlo, se dijo a sí misma. Y no sería la víctima que Roque esperaba. Su hermano podía verla como una criatura patética, pero no lo era y no lo había sido nunca. Llevaba demasiados años librando batallas como para dejar que el miedo ganase aquélla.

Echando su melena hacia atrás, atravesó la cocina para tomar el bolso y, un minuto después, estaba poniéndose la gabardina para salir del apartamento.

Capítulo 2

RECIÉN salido de la ducha, Roque recibió una llamada por el intercomunicador para informarle de que su mujer había llegado. Con media hora de adelanto.

¿Lo había hecho deliberadamente para pillarlo por sorpresa o sería por miedo?, se preguntó.

Por supuesto, no se hacía la ilusión de que hubiera ido antes de la hora prevista porque quisiera verlo. Sólo una cosa empujaba a Angie a mostrar debilidad: su hermano.

Si dejaba aparte su otra debilidad: él mismo.

No podía controlarse cuando la besaba, él lo sabía bien. Cuando ponía sus manos o su boca sobre ella, perdía el control. También Angie lo sabía y por eso llevaba doce meses alejada de él.

Mientras salía del vestidor, poniéndose una camisa de color azul pálido, escuchó la campanita del ascensor y, sonriendo, se dirigió a la escalera del elegante loft con paredes de cristal desde las que se veía todo Londres.

Estaba absolutamente convencido de que tenía a Angie donde la quería. Seguramente ella querría salir corriendo en dirección contraria, pero no podía hacerlo porque la lealtad hacia su hermano se lo impediría. En unos segundos saldría del ascensor para caer en sus garras y una hora después estaría en su cama, donde debía estar.

Esperando ese momento, Roque apoyó un hombro en la pared y metió las manos en los bolsillos del pantalón mientras se abrían las puertas para dejar paso a la mujer a la que llevaba un año sin ver.

Alta y delgada, vestida de negro de los pies a la cabeza, con la fiera melena roja enmarcado sus extraordinarios rasgos, emitía una mezcla de rabia y transparente provocación sexual que excitó a Roque, como le ocurría siempre.

Angie se quedó parada un momento, sorprendida al verlo en persona después de tanto tiempo.

Mientras el ascensor subía los veinte pisos había intentado prepararse para ese momento, pero descubrió que no podía contener los latidos de su corazón.

Y sabía por qué.

Durante doce largos meses había apartado a Roque de sus pensamientos como si no fuera una persona real. Se le daba bien bloquear las cosas que no quería ver porque llevaba haciéndolo toda su vida adulta. Pero tuvo que hacer un esfuerzo para controlar sus sentimientos al verlo allí, a unos centímetros de ella. Había esperado no sentir nada, quería que Roque la dejase fría y resultaba casi grotesco descubrir que era todo lo contrario. Sentía la misma atracción de siempre, la misma tensión sexual. Incluso el dolor que sentía era un sentimiento. No era justo.

Roque era tan alto, tan formidable... y eso era decir mucho cuando ella no era precisamente bajita.

Allí, en el vestíbulo, frente a la pared de color berenjena, enmarcado por las modernas luces, parecía un modelo. Su pelo negro estaba aún mojado, el brillo de su piel cetrina destacando unos pómulos por los que cualquier modelo daría su alma.

No podía dejar de mirar sus anchos hombros, el torso cubierto por una camisa azul con los dos primeros botones desabrochados, dejando al descubierto un triángulo de piel morena.

Angie deslizó la mirada hacia abajo y vio que tenía las manos en los bolsillos del pantalón; un pantalón oscuro que se ajustaba a sus delgadas caderas y sus poderosos muslos.

Sus sentidos despertaron a la vida como vándalos. No debería haberlo bloqueado como lo había hecho. Debería haber recordado cada detalle al menos dos veces al día. Debería haber hecho una lista de sus virtudes, y tenía muchas, para después buscarle defectos.

Había visto eso en su trabajo muchas veces. Un día estabas con los mejores y al día siguiente algún fotógrafo decidía que tu nariz era demasiado grande, que tu sonrisa había dejado de ser atractiva o que tus piernas eran demasiado gordas.

¿Pero cómo iba a encontrar defectos en el físico de Roque?

–Bueno, dime, ¿sigue todo donde debería estar?

Angie lo miró a los ojos, tan negros como la noche en ese momento. Estaba esbozando una sonrisa, la misma que tanto la había atraído desde el principio. Y sentía la misma sensación de ahogo que entonces.

Pero ahora le dolía. Ahora veía esa hermosa boca dándole placer a otra mujer. Veía esos ojos rodeados de oscuras pestañas ardiendo por otra mujer.

Roque vio que apartaba la mirada y tuvo que controlar el deseo de tomarla por los hombros.

Pero, como si lo supiera, ella lo miró, desafiante. Siempre había sentido ese desafío por parte de Angie, estuvieran en medio de una pelea o haciendo el amor. Vio que levantaba la barbilla, pequeña y casi puntiaguda como la de un duende, y hacía una mueca de desdén.

Incluso la manera de apartar la melena de su cara, enviando esos gloriosos mechones rojizos hacia atrás, era una forma de desafío.

—No tengo nada que decirte.

—No, ya me he dado cuenta de que no era charlar lo que tenías en mente cuando me mirabas, *meu querida*.

Irritada consigo por darle armas, Angie salió del ascensor. El apartamento de Roque era un loft en realidad. Un loft con piscina climatizada, gimnasio, un jardín con una cubierta de cristal que siempre le había recordado el exótico invernadero donde una vez había hecho una sesión de fotos... en fin, un pequeño palacio.

Pasó a su lado como si estuviera recorriendo una pasarela. Hacer eso era como montar en bicicleta, no se olvidaba nunca. Y una vez que empezabas resultaba fácil. Incluso era capaz de olvidarse del público.

Roque la siguió.

Sabía lo que estaba haciendo porque no era la primera vez que lo hacía. Angie podía ser irritantemente testaruda cuando quería. Una vez creyó que se había casado con una criatura dulce e inocente, una niña solitaria atrapada en el cuerpo de una mujer que nunca había tenido la oportunidad de crecer y disfrutar de la vida. Pero pronto descubrió que la niña testaruda tenía un carácter de hierro.

Salvo en la cama, se recordó a sí mismo. En la cama, entre sus brazos, perdía el deseo de pelear.

Recordando que era ahí donde quería que terminase la noche, Roque volvió a mirarla. Llevaba una gabardina negra, corta y atada a la cintura, que dejaba al descubierto sus piernas, asombrosamente largas, cubiertas por unas medias negras. Como no necesitaba usar zapatos de tacón porque era muy alta, llevaba unas bailarinas de piel negra. Y de su hombro colgaba un bolso de color verde, uno de esos bolsos extravagantes que estaban tan de moda.

La tentación de tomarla del brazo para obligarla a mirarlo era tan fuerte que tuvo que meter las manos en los bolsillos del pantalón una vez más. Pero quería saber por qué había llegado temprano y pasando a su lado como si fuera ella quien llevase el control de la situación.

Angie no se detuvo para admirar la fabulosa vista de Londres desde los ventanales, no miró hacia el piso de arriba, donde estaban los dormitorios. No, iba directamente hacia el estudio.

Empujó la puerta y tragó saliva al entrar en el que siempre había considerado territorio de Roque.

Todo en aquella habitación era tan elegante

como el resto del apartamento, pero allí estaba el sello personal de Roque. Allí había toques de su compleja personalidad en la colección de primeras ediciones en las estanterías, en el pesado sillón de piel donde solía sentarse a leer...

El único televisor de la casa estaba allí, una pantalla plana con un complejo sistema estéreo que se escuchaba por todo el apartamento. Y, por supuesto, el ordenador portátil y el equipo de comunicaciones sobre el escritorio, algo fundamental para el propietario de un imperio de inversiones internacionales.

Pero era el escritorio de estilo colonial que había llevado allí desde la finca de su familia lo que dejaba bien claro que se sentía orgulloso de sus raíces portuguesas. Roque podía pasarse horas sentado frente a ese escritorio, trabajando con total concentración, y Angie solía encontrar eso increíblemente sexy, no sabía por qué. Los hombros echados hacia delante, el brillo de su pelo bajo las lámparas y sus fuertes y hermosas facciones...

Angie llenó sus pulmones de aire. No quería recordar eso, no quería recordar nada de su vida con él o que algunas veces hubieran sido felices allí.

Y, sin embargo, se veía a sí misma sentada en el sillón, jugando con su pelo mientras leía un libro, moviendo alegremente los pies al ritmo de la música que sonaba en el estéreo, con una copa de vino en la mano y aquel hombre fabuloso a un metro de ella.

Angie parpadeó rápidamente para borrar esa imagen y se volvió para mirar a Roque, que estaba apoyado en el quicio de la puerta. Sabía que sentía curiosidad por su inesperada llegada y sabía también que no iba a decir nada en absoluto.

Así era Roque, un maestro de la estrategia, pensó, irónica, mientras dejaba su bolso sobre el escritorio y buscaba algo en el interior.

–Muy bien, morderé el anzuelo –dijo él entonces–. ¿Qué estás haciendo?

–No deberías haber amenazado a mi hermano. Tú sabes que es absurdo amenazarlo con llamar a la policía porque la tarjeta de crédito está a mi nombre.

–Es mi cuenta corriente –le recordó Roque.

–Y si no te gusta lo que he hecho con ella, es culpa tuya. Un hombre sensato habría cancelado la tarjeta el día que me marché de aquí.

–Imaginé que la romperías en pedazos y luego echarías los pedazos, de manera ceremoniosa, en la chimenea.

Angie se preguntó por qué no había hecho eso en lugar de guardarla en un cajón.

–Pero no lo hice y ahora ya sabes por qué.

Roque dio un paso adelante.

–¿Estás diciendo que le diste permiso a tu hermano para gastarse mi dinero?

Sin mirarlo, Angie siguió buscando algo en las profundidades del bolso.

–Sí –contestó.

–Eso es mentira. Los dos sabemos que nunca le darías una tarjeta de crédito a tu avaricioso hermano –dijo Roque–. Tú eres una persona tremendamente honrada, incluso exageradamente honrada. Recuerdo que una vez me hiciste volver al centro de Lisboa porque una dependienta te había dado diez euros de más en el cambio. ¿Cuánta gente haría eso, *meu querida*?

Angie por fin encontró lo que buscaba: su talonario.

–Esa pobre dependienta habría tenido que poner los diez euros de su sueldo si yo no los hubiera devuelto.

–Ya, pero como me dijiste entonces, yo soy demasiado rico como para saber nada del mundo real.

–Mira... –Angie se volvió para mirarlo–. He sido yo quien se ha gastado tu dinero.

–De nuevo, estás mintiendo.

–No, es verdad. Decidí que había llegado la hora de hacerte pagar por los meses de infierno que tuve que soportar siendo tu esposa. Una esposa ciega.

–¿Ciega? –repitió él, burlón–. Sí, muy ciega.

Angie apartó la mirada, agitada aunque había decidido no sentir nada en absoluto, y buscó un bolígrafo para firmar un cheque.

Lo que ocurrió después la dejó totalmente sorprendida. Estaba tan decidida a hacer lo que estaba haciendo que no se le había ocurrido pensar en la reacción de Roque y cuando sintió los dedos largos y morenos como un cepo en su muñeca, dejó escapar una exclamación.

–Deja ese bolígrafo.

–Sólo iba a...

–Sé lo que estás haciendo –la interrumpió él–. Deja el bolígrafo, Angie.

Sin soltar su muñeca, Roque tomó el talonario para ver lo que había escrito mientras ella se soltaba de un tirón.

–¡No me trates como si fueras un cavernícola!

–Disculpa –dijo él, dando un paso atrás–. No quería hacerlo.

El corazón de Angie latía con tanta fuerza que le costaba trabajo respirar.

–¿Entonces por qué lo haces?

Después de mirar el cheque con el ceño fruncido, Roque lo tiró sobre el escritorio mascullando una palabrota y se dio la vuelta para pasear por el estudio como un tigre enjaulado.

Ella lo miró, nerviosa. Había visto a Roque enfadado muchas veces, pero nunca de ese modo.

—Veinte mil libras —lo oyó murmurar, como si la suma fuera un insulto.

—Es todo lo que tengo en este momento. Pero te pagaré el resto cuando pueda.

—¡Tú no me debes nada, Angie! —exclamo él, dándose la vuelta.

—¿Y qué más da mientras recuperes tu dinero?

—No te lo voy a permitir...

—¿No vas a permitir qué, que tenga algo de dinero en mi cuenta corriente?

—¿Veinte mil libras es todo lo que te queda? ¿Dónde esta el resto del dinero? —Roque se acercó de una zancada—. Ganabas mucho cuando te conocí. Tanto que ni siquiera el ruin de tu hermano podría gastárselo.

—He comprado un apartamento.

—¿Y lo has pagado todo de una vez?

—Sí —contestó ella—. No quería estar pagando una hipoteca toda la vida, como la mayoría de la gente. No me gusta estar en deuda con nadie.

—No, tú no tienes ni idea de lo que es estar en deuda, ya lo sé. Por eso has creído que podías aparecer aquí desafiante, dispuesta a pagar el primer plazo de la deuda de tu estúpido hermano, y que yo me quedaría tan contento.

—¡Yo no pretendo desafiarte! —protestó Angie.

Él arqueó una ceja, irónico.

—¿Cómo que no? Ahora eres la mujer traicionada. Con tu preciosa barbilla levantada y tus sensacionales ojos verdes de hielo, caminando por la casa como una fabulosa modelo y haciendo que te siguiera como un perrito...

—Tú nunca podrías ser el perrito de nadie. Tú naciste siendo un lobo.

Lo miraba a los ojos, decidida a no dejar que la dominase, y Roque pensó que era sensacional en su furia, tan hermosa que...

Entonces vio que recordaba, vio que sus ojos se oscurecían y sus mejillas se llenaban de color.

Pero, con un abrupto movimiento, se alejó de él y Roque se sintió decepcionado.

Una vez, sólo una vez, la había retado cuando su hermano se interpuso entre ellos. Y si en alguna ocasión se había preguntado cómo sería caer en un pozo negro, lo había descubierto esa noche.

Se sentía furioso, culpable y amargado en igual medida, pero no pensaba pedirle disculpas. No iba a darle explicaciones cuando habían pasado doce meses.

Y estaban hablando del hermano de Angie, se recordó a sí mismo. Alex, el débil, malcriado y ladrón de Alex.

Tan testaruda como siempre, Angie volvió a abrir el talonario y firmó el cheque de veinte mil libras con el nombre que usaba desde que se casaron: Angelina de Calvhos.

De nuevo, Roque se colocó tras ella y, de nuevo, le quitó el talonario de las manos para guardarlo en un cajón.

Alto, moreno, absolutamente seguro de sí mismo, levantó su oscura cabeza.

–Me parece que vamos a tener que empezar otra vez. Y ahora me voy a poner serio –anunció.

Angie tragó saliva.

–Por favor, no le hagas daño a mi hermano –le suplicó.

Capítulo 3

COMO si fuera de piedra, Roque no mostró reacción alguna a su súplica.

–Es un ladrón –afirmó–. Robó tu identidad y tu tarjeta de crédito para gastarse un dinero que no era suyo. ¿Cómo puedes disculparlo?

–Es mi hermano –contestó ella.

Ah, allí estaba el amor incondicional que también Angie debería esperar de Alex. Y, sin embargo, no parecía entender que no era así.

–Te pagaré el resto del dinero en unos meses.

–¿Cómo, vendiendo tu apartamento y quedándote en la calle?

–Mi apartamento vale más de cincuenta mil libras, como te puedes imaginar. Ya tienes veinte mil en ese cheque, de modo que sólo necesito treinta mil más.

Cincuenta mil. Roque había dejado de escuchar después de eso. De modo que, además de ladrón, Alex era un mentiroso de primera clase.

–Volveré a trabajar como modelo –estaba diciendo ella–. Carla insiste todos los días en que lo haga y de ese modo podría conseguir el resto del dinero.

Pero Roque se había dado la vuelta y estaba mirando el cielo de Londres con las manos en los bolsillos del pantalón.

A veces podía ser intratable, ella lo sabía bien. Y no quería a su hermano, nunca lo había querido. En opinión de Roque, Alex era el culpable del fracaso de su matrimonio. Se negaba a entender que era su única familia...

Los adolescentes eran siempre rebeldes y difíciles y tener que mediar entre ellos había hecho que su matrimonio fuese una interminable pelea.

–Por favor, escúchame –empezó a decir–. Yo puedo...

–No –la interrumpió él–. Esta vez no, Angie. Esta vez, tú vas a escucharme a mí.

Roque volvió al escritorio y abrió un cajón para sacar una carpeta... una carpeta en la que estaba escrito su nombre.

Con la boca seca, Angie empezó a leer y su corazón se iba encogiendo a medida que leía la columna de cifras. Y cuando llegó a la suma final, en la tercera página, por fin entendió.

Roque estaba en silencio, dejándola descubrir hasta dónde llegaba la mentira de su hermano, la deuda que había ido acumulando durantes meses y meses.

—Pensabas que era yo quien se gastaba el dinero, ¿verdad?

—Al principio, sí –le confesó él–. Pensé que estabas intentando forzar una respuesta por mi parte y decidí esperar para ver hasta dónde llegabas...

—¿Quieres decir que podrías haber detenido este desastre antes y no lo hiciste? –lo interrumpió ella atónita.

—Tu hermano es un ladrón, Angie. ¿Y cuándo has permitido que yo hiciera nada al respecto? Yo era el intruso en mi matrimonio. Si me quejaba de tu hermano, tú te ponías furiosa. Si te aconsejaba, no me hacías ni caso. Bueno, pues esta vez va a ser diferente –Roque tomó la carpeta y volvió a guardarla en el cajón–. Esta vez, yo voy a controlar a tu hermano y tú vas a tener que tragarte tu orgullo.

—Pero tú sabes que conseguiré el dinero, cueste lo que cueste.

—Tú no tienes que pagarme nada.

—Es mi tarjeta de crédito, está a mi nombre. Y sé que no puedes demandar a mi hermano. Sólo tendría que hablar con un abogado y...

—O yo podría llamar a la policía ahora mismo y dejar que ellos decidieran.

—Y yo podría cambiar la demanda de divorcio

–replicó Angie porque no tenía más armas–. Podría pedirte la mitad de todo lo que tienes. Sería fácil en cuanto citase tu adulterio con Nadia.

Roque dejó escapar un suspiro.

–Inténtalo y haré que detengan a tu hermano.

Estaba lanzando el guante, eso era evidente.

–¿Para qué me has hecho venir si no estás dispuesto a negociar?

Estaba asustada, pensó Roque, pero aún tenía personalidad y carácter suficientes como para no dar un paso atrás. Dejándose llevar por el instinto, se colocó directamente frente a ella.

–Te he traído para esto –murmuró, poniendo una mano sobre su hombro.

–No te atrevas –dijo Angie, con tono de advertencia.

Pero sí se atrevió.

Angie intentó apartarse, pero Roque puso la otra mano en la base de su espina dorsal para atraerla hacia su torso.

Todo en él era grande, duro y familiar. Era como algo precioso que hubiese perdido...

–Te odio –susurró, en un último intento de salvarse.

Y Roque sonrió porque sabía muy bien contra qué estaba luchando.

Pero enseguida dejó de sonreír e inclinó la cabeza para buscar sus labios.

Ella se puso tensa, temblando en su determinación de no sentir nada. Lo intentó, intentó no responder en absoluto, pero el calor de sus labios le provocó un escalofrío imperdonable. Y se rindió. Se rindió como una tonta y abrió los labios en una invitación que Roque aceptó de inmediato.

Se ahogó en ese beso durante treinta segundos, dejando que la volviese loca, que la llevase a un mundo que había intentado no recordar en doce meses. Pero deseaba tocarlo, besarlo... y sentía el urgente escalofrío de deseo que sólo Roque podía crear dentro de ella.

Angie se agarró a la pechera de su camisa, haciendo que Roque temblase al notar el roce de sus uñas a través de la tela.

–*Gatinha* –murmuró.

La gata que había en Angie ronroneó de rabioso triunfo. Y luego, con una rabia para la que debería haber estado preparado, clavó los dientes en sus labios.

Dejando escapar un gemido, Roque la echó hacia atrás y lo que siguió fue un beso tan profundo, tan ardiente, que Angie no pudo hacer más que cerrar los ojos y sentir.

Sus pechos estaban aplastados contra el torso masculino, sus rosados pezones endureciéndose bajo la gabardina. Le devolvía el beso con un ardor que la avergonzaba pero que no podía controlar.

Roque levantó entonces la cabeza para mirarla a los ojos y luego, con sensual arrogancia, volvió a inclinarse para pasar la lengua por sus labios hinchados.

–Sólo puedes negociar con esto, *minha dolce*. O lo tomas o lo dejas.

Y después, con una frialdad que dejó a Angie sorprendida, la soltó para dirigirse a la puerta.

Furiosa y avergonzada por su debilidad, apretó los puños mientras lo veía salir del estudio.

–Cualquiera diría que tú eres perfecto –le espetó–. Pero me fuiste infiel. ¿Eso no cuenta para nada?

Roque se detuvo en el quicio de la puerta.

–Contaba para algo hace doce meses, cuando merecías una explicación. Pero te negaste a escucharme y ahora es demasiado tarde. Así que acepta mi consejo: olvida el asunto y sigue adelante.

«¿Sigue adelante?».

Angie dejó escapar una risita estrangulada.

¿Eso era todo lo que tenía que decir el hombre al que había amado con toda su alma?

Roque le había roto el corazón, había destrozado su capacidad de creer en sí misma.

Se habían conocido en Londres, durante una sesión fotográfica. Alto, moreno y guapísimo, Angie había pensado que era uno de los modelos con los que iba a posar. Pero cuando una modelo brasileña, Nadia Sanchez, se abrazó a él, dedujo que sería ese novio del que tanto hablaba.

–¿No sabes quién es? –le había preguntado una compañera–. Es Roque de Calvhos, el millonario más guapo y más interesante de Londres.

Y estaba mirándola a ella directamente, como si Nadia no estuviera allí. Pero había perdido su oportunidad de impresionarla en ese mismo instante porque ella no tenía tiempo para libertinos que se dedicaban a mirar a otra mujer mientras estaban con su novia.

De modo que le dio la espalda y no volvió a mirarlo.

Unas horas después, recibió una llamada en su hotel y cuando le dijo su nombre Angie tardó unos segundos en recordar.

–Me gustaría invitarte a cenar –anunció, con un tono de total seguridad, como si ella fuera a ponerse a dar saltos de alegría.

Angie le dijo claramente lo que podía hacer con su invitación y colgó el teléfono. Y cuando unos minutos después llegó un ramo de flores a la habitación lo devolvió con una nota:

Vamos a dejar un par de cosas claras, señor Calvhos. Yo no salgo con hombres que tienen novia y no tengo por costumbre engañar a mis compañeras. Borre mi nombre y mi número de teléfono de su agenda y no vuelva a llamarme nunca más.

–De Calvhos –la corrigió él por teléfono al día siguiente–. Y las agendas se volvieron obsoletas con la llegada de la BlackBerry.

–Y yo tengo que irme al aeropuerto –replicó Angie, antes de colgar.

Había hecho el circuito de la moda, París, Milán y Nueva York, y estaba de vuelta en Londres cuando se encontraron de nuevo. Nadia y ella no se habían visto desde la sesión fotográfica, de modo que cuando empezó la semana de la moda en Londres, Angie estaba en guardia, esperando que Roque apareciese en cualquier momento.

Lo vio durante el primer desfile, sentado al lado de Carla, y tuvo que recorrer la pasarela apretando los dientes porque podía sentir cómo la desnudaba con la mirada. Pero lo que realmente la perturbaba era pensar que seguramente la habrían desnudado con la mirada cientos de veces sin que ella se diera cuenta.

Hacer que la ropa que lucía pareciese increíblemente sexy era su trabajo, nada más. No quería que Roque de Calvhos la desnudase con la mirada. Y no quería saber que *ella* era susceptible a la mirada de un hombre.

Cuando terminó el desfile, Roque apareció entre bastidores con Carla del brazo. Irritantemente seguro de sí mismo, estaba usando a la única persona que Angie podía llamar amiga para que los presentara. Y cuando quería, podía derretir a un iceberg con su encanto, tuvo que reconocer.

Lástima que Nadia apareciese en ese momento para tomarlo del otro brazo como una gatita.

Angie se alegró cuando sonó su móvil, pero era el director del internado en el que estudiaba su hermano para decirle que Alex había sido ingresado en el hospital después de una pelea con un compañero.

Disculpándose a toda prisa, Angie salió del pabellón donde tenía lugar el desfile para buscar un taxi, pero Roque apareció a su lado de repente...

–Mi coche está aquí al lado. Yo te llevaré.

Ése había sido el principio del fin de su resistencia, pensó Angie. Seguramente por la paciencia con la que había soportado su hostilidad mientras la llevaba hasta el hospital de Hampshire para ver a su hermano. Y mientras hablaba con el director del internado, según el cual Alex había empezado la pelea...

Agotada mientras volvían a Londres, y de mal humor, Angie le recordó que había dejado a Nadia esperando.

–Nadia y yo no somos pareja desde el día que te vi en esa sesión fotográfica –le informó él–.

Pero dime una cosa: ¿por qué tienes que cuidar de tu hermano? ¿Y tus padres?

Por alguna razón que Angie aún no había podido descifrar, esa pregunta había terminado con sus objeciones y, por primera vez desde que tuvo que hacerse cargo de Alex, se encontró abriéndole su corazón a otra persona. Cuando por fin llegaron a su apartamento en Chelsea estaba fascinada por Roque de Calvhos.

Angie suspiró mientras se apoyaba en el escritorio. Una semana después se había convertido en su amante y, tres meses más tarde, Roque le había pedido que se casara con él. Y un año después todos sus sueños estaban rotos... más que rotos, destrozados por una secuencia de eventos en los que aún no quería ni pensar.

—Quítate la gabardina.

Angie no tuvo tiempo de disimular. Ella tenía el corazón roto y él estaba ahí, tranquilamente, con los brazos cruzados, mirándola.

—Cuando te miro veo a Nadia —lo acusó.

—Cuando yo te miro, veo a una mujer muy testaruda —replicó él—. Deja de pelearte conmigo, Angie. Ha pasado un año, acéptalo.

—No quiero volver a verte, no quiero formar parte de tu vida.

—Pero estás en mi vida de nuevo porque, *meu*

querida, tu hermanito espera que vuelvas a sacarlo de un apuro.

Estaba retándola a negarlo, pero no podía hacerlo.

–No entiendo por qué me quieres en tu vida. No fuiste feliz viviendo conmigo la primera vez.

–Tuvimos nuestros buenos momentos.

–Tú puedes encontrar *buenos momentos* cuando quieras –replicó ella, irónica– y sin tener que soportar una esposa que te haga sentir culpable.

–Yo no me siento culpable.

–Pues deberías. Te acostaste con Nadia y al día siguiente salió en todos los periódicos. No te atrevas a decir que no te sientes culpable cuando era a mí a quien ridiculizaban por no haber sabido hacer feliz a mi marido.

–¿Y me hacías feliz?

No había el menor remordimiento en su expresión. No, ella no había hecho feliz a Roque. ¿Pero había hecho Roque el menor esfuerzo por hacerla feliz a ella?

Se quejaba continuamente de su trabajo, se quejaba de Alex. Cada decisión que tomaba sobre su hermano se convertía en una discusión. Cuando intentaba hacerle entender su punto de vista, Roque se impacientaba y a veces, cuando se sentía sola y desconcertada, se escondía en el cuarto de baño para llorar.

—Tengo hambre —dijo él entonces—. ¿Vas a quedarte o no?

¿Estaba pensando en comida mientras ella recordaba su triste pasado? Angie se cruzó de brazos sin decir una palabra y el silencio se alargó hasta que Roque volvió a preguntar:

—¿Vas a quedarte?

—¡Me quedo! —exclamó Angie, con una furia que debería haber hecho temblar las paredes.

El aire parecía cargado de electricidad pero, sin decir una palabra, Roque apartó sus brazos para desabrochar la gabardina.

—No te enfadarías tanto si no intentases controlarlo todo.

Angie lo miró entonces y notó que tenía un bulto en el labio inferior. Le había hecho sangre al morderlo.

—Perdona... —sin pensar, levantó un dedo para tocar el labio pero enseguida lo apartó, encogiéndose de hombros.

Mientras Roque desabrochaba su gabardina, Angie sentía que los ojos le quemaban. Tenía una opresión en el pecho que le impedía respirar.

—No pienso acostarme contigo —le advirtió.

Roque tomó su mano sin decir nada, pero lo que Roque de Calvhos podía decir con el silencio debería ser embotellado y vendido en las tiendas, pensó Angie.

Él sabía por qué había dicho eso, sabía que no podía estar a su lado sin querer devorarlo. Roque era su debilidad. No su mente, ni su dinero, ni siquiera el encanto que mostraba en algunas ocasiones.

No, ella deseaba su cuerpo, así de sencillo.

Pero ya no lo amaba, se decía a sí misma.

No lo amaba.

Angie dejó que la llevase hacia el salón, con una barra que lo separaba de la cocina.

No había comido nada desde el almuerzo, que había consistido en una manzana y un yogur, de modo que al notar el delicioso aroma que salía del horno su estómago reaccionó apropiadamente.

Pero cuando Roque abrió la puerta del horno, Angie frunció el ceño. Porque de todas las cosas que Roque de Calvhos hacía bien, cocinar no era una de ellas. Podía hacer una ensalada o un bocadillo, pero cocinar era algo que dejaba para los chefs profesionales o los restaurantes de cinco tenedores a los que solía acudir.

La señora Grant iba a diario para encargarse de la limpieza del apartamento, pero nunca le habían pedido que cocinase. Y, sin embargo, Roque sacó una bandeja de algo que parecía pasta cubierta de queso gratinado.

–¿Tú has hecho eso?

–Es pasta congelada, sólo he tenido que meterla en el horno –contestó él–. Las verduras y la salsa son del restaurante Gino's.

–Ah, claro.

Gino's era un restaurante italiano al que solían ir a menudo.

–Gino se ha negado a enviarme la pasta porque es pasta fresca y se estropea... –Roque había abierto el microondas para sacar un recipiente con salsa, pero lo tiró sobre la encimera soltando una palabrota cuando se quemó los dedos.

Y, sin poder evitarlo, Angie lo apartó a un lado para encargarse de la cena.

Unos minutos después, la salsa de Gino's se mezclaba con la pasta y con unas verduras riquísimas. Negándose a mirar a Roque, que estaba apoyado en la encimera, Angie lo sirvió todo en una bandeja y se volvió para llevarla a la mesa pequeña, frente a uno de los ventanales. Había una mesa más grande, más formal, en la zona que servía de comedor, una antigüedad importada de su Portugal natal, como el escritorio, pero sólo la usaban cuando tenían invitados, algo que no ocurría a menudo porque los dos trabajaban y viajaban mucho...

Angie interrumpió esos recuerdos para que no estropeasen el momento de calma.

La mesa estaba puesta para dos y casi tuvo que sonreír porque poner la mesa era una de las pocas tareas domésticas que Roque era capaz de hacer.

–Exquisita –murmuró él.

–Claro que es exquisita, Gino ha hecho las verduras y la salsa –replicó Angie.

–*Meu Deus,* no me refería a la pasta –dijo Roque, mirándola a los ojos.

Capítulo 4

ANGIE sintió que se ahogaba. Roque estaba mirándola, sus brillantes ojos oscuros clavados en la minifalda negra con estampado esmeralda y el top de gasa negra.

Sin las medias, la falda sería indecente. Con las medias, lo que esa falda hacía por sus piernas era sensacional. Y lo que el top hacía por sus altos pechos, que subían y bajaban bajo la gasa, provocó una reacción directa, cruda y posesiva.

Él sabía que trabajaba en las oficinas de CGM y, por la hora que era, debía haber salido corriendo para llegar allí antes de las ocho. Pero imaginarla en la oficina con ese atuendo despertaba su lado más primitivo. Su pelo era una masa brillante de color cobrizo que le llegaba por debajo de los hombros y con esas piernas interminables...

Si hubiese entrado allí completamente desnuda no lo habría excitado más. Quería tomarla entre sus brazos y hacer que enredara las piernas en su cintura, quería enterrar la cara en sus pechos...

Quería llevarla al dormitorio y dejar su sello en ella de forma que no quisiera volver a marcharse.

–No hagas eso –dijo Angie entonces.

–¿Que no haga qué?

«¡Eso!», hubiera querido gritar Angie.

–¿Vas a comerte la pasta o no?

–Por lo menos, ahora entiendo lo del bolso verde –intentó bromear Roque, señalando el estampado de su falda.

–Es vieja, la compré el año pasado después de...

No terminó la frase y los dos se quedaron en silencio.

–¿Dónde fuiste cuando te marchaste de aquí? –le preguntó Roque unos segundos después.

–A ningún sitio –contestó ella, encogiéndose de hombros.

–Te busqué por todas partes, pero era como si hubieses desaparecido de la faz de la tierra.

–Cuando tienes una cara relativamente conocida debes desaparecer si no quieres que te encuentren –dijo Angie, intentando mostrarse fría para disimular lo que sentía en realidad.

Roque hizo una mueca mientras servía la pasta.

–¿Te fuiste a un convento o algo así? No, no puede ser porque te busqué en todos los conventos. Y en los hoteles, en los balnearios. Incluso en los hospitales... pero supongo que te importará nada saber que estaba preocupado por ti.

Angustiada, Angie estaba a punto de salir corriendo. No quería recordar los tres meses de autoimpuesto aislamiento o el mes que pasó confinada en una cama de hospital.

Roque la miraba con el ceño fruncido, sorprendido al verla tan pálida.

—Angie...

—No quiero hablar de eso —lo interrumpió ella, tomando el tenedor para probar la pasta. Estaba riquísima, pero le resultaba casi imposible tragar.

Roque hizo lo mismo, pero cuando pareció hartarse de fingir que estaba disfrutando de la cena se echó hacia atrás con un suspiro y Angie aprovechó para levantarse y tomar su plato.

Pero, de nuevo, Roque la sorprendió tomándola por la muñeca.

—¿Qué pasa ahora?

—Tus anillos. No llevas los anillos.

—No, claro que no —Angie soltó su mano—. Me los quité cuando dejaste de serme fiel...

Pero no terminó la frase.

—Dios mío...

¡Los anillos!

Si su hermano había robado la tarjeta de crédito del cajón, ¿se habría llevado también los anillos?

Nerviosa, salió corriendo hacia el estudio de Roque y volvió unos segundos después, con el bolso en la mano e intentando ponerse la gabardina.

—¿Dónde vas?

—Tengo que ir a mi apartamento —Angie se pasó la lengua por los labios, nerviosa—. Creo que me he dejado algo... encendido en la cocina.

No le resultaba fácil mentir y, por su expresión, Roque sabía que estaba mintiendo. Pero no se atrevía a decir en voz alta lo que pensaba. No se atrevía a mencionar el nombre de su hermano.

—Volveré —le aseguró—. Cuando... cuando...

—Voy contigo.

—¡No! Puedo ir en taxi. No tienes que venir conmigo.

Roque puso una mano en su espalda.

—No soy tonto, Angie. No sé qué te ha asustado tanto, pero quiero saberlo.

—No me ha asustado nada. Es que acabo de recordar que he dejado algo al fuego en la cocina...

—Eso es mentira —la interrumpió Roque.

Ella dejó escapar un suspiro. Sabía que discutir no serviría de nada, de modo que decidió permanecer en silencio mientras bajaban al aparcamiento del edificio.

Roque le abrió la puerta de su Porsche y le hizo un gesto para que entrase.

–No estoy segura –empezó a decir ella, nerviosa–. Creo que me he dejado algo encendido en la cocina, pero la verdad es que no lo sé.

Roque atravesó la ciudad sin decir nada y cuanto más se acercaban a su apartamento, más nerviosa se ponía.

Bajó del coche antes de que él pudiese abrirle la puerta y buscó las llaves en el bolso. Una vez arriba, tardó dos segundos en llegar a su dormitorio y abrir el cajón de la mesilla.

En el interior había muchas cosas que no había visto en meses, pero lo que buscaba era una cajita en particular. Y cuando por fin la sacó con manos temblorosas y vio que en el interior estaban los anillos dejó escapar un suspiro de alivio.

Angie miró el anillo de pedida que le había regalado Roque, una joya familiar que había pertenecido a su familia durante siglos. Igual que la alianza, que no era una alianza corriente, sino un anillo con un fabuloso diamante rosa rodeado de diamantes blancos.

Había pensado devolverle los anillos cuando volvió a Londres, pero los había guardado en el cajón junto con la tarjeta de crédito y se había olvidado de ellos por completo.

Había querido olvidarse de ellos.

Necesitaba olvidarse de ellos.

Pero ahora, mirando esas joyas irreemplazables, se sintió culpable por haberlas tirado en el cajón como si no valiesen nada.

Su hermano se había dejado una fortuna en el cajón, pensó. Con el diamante rosa podría pagar todas sus deudas y aún le quedaría dinero.

Roque miraba la escena con los labios apretados. No por los anillos, sino por la angustia de Angie. Evidentemente, había temido que su hermano se los hubiera llevado.

—Bueno, ya que estamos aquí puedes hacer las maletas.

—No se ha llevado los anillos —dijo ella.

—¿Y qué más da? —exclamó Roque—. ¡Tú misma has creído que se los había llevado y estás intentando contener las lágrimas porque es un alivio que no lo haya hecho!

—¡No me grites! —exclamó Angie.

—Los anillos no importan, pero la tarjeta de crédito sí. Si vuelves a sacarle de este apuro, ¿qué crees que hará la próxima vez? ¿A quién va a robarle dinero para financiar su adicción al juego?

—¡Alex no es un adicto al juego! Tú especulas en bolsa todo el tiempo...

—Pero yo no robo dinero a nadie para hacerlo. Ni arrastro a mi familia como Alex hace contigo.

Angie sacudió la cabeza.

—Alex es todo lo que tengo.

Su voz había sonado tan débil, tan rota, que

Roque tuvo que mirar hacia la pared para no abrazarla.

–¿Y dónde está el cariño de Alex por ti, Angie?

–¿Qué quieres decir?

–¿Cuánto tiempo habrían seguido los anillos en ese cajón si yo no hubiera descubierto lo de la tarjeta? ¿Crees que tu hermano no vio los anillos? No se los llevó porque llevarse la tarjeta era más fácil. Y seguramente pensó que vender el diamante de De Calvhos le traería problemas –Roque se pasó una mano por el cuello–. ¿Y cómo se te ocurre guardar algo tan valioso en un cajón? Deberían estar en el banco.

–Sí, lo sé –Angie suspiró–. Lo siento.

Roque dejó escapar un gruñido de exasperación. No quería que Angie se disculpase. Lo que quería...

Guardando la caja en el bolsillo del pantalón, la tomó del brazo.

–Muy bien, vas a hacer la maleta y vas a venir conmigo ahora mismo. Y, a partir de ahora, yo me encargaré de tu hermano.

–Si le haces daño a Alex, no te lo perdonaré nunca –replicó Angie.

–No voy a hacerle daño, al contrario. Quiero enseñarle a ser un hombre antes de que sea demasiado tarde. Creo que en el fondo quiere que le den una lección.

—Por favor...

—Me odia, pero le gustaría ser como yo. ¿Por qué crees que se ha dedicado a jugar en bolsa en este momento, cuando nadie que no sea un experto se atreve a hacerlo? Yo soy un ejemplo para él, el único hombre de su entorno que ha tenido éxito en los negocios. Le habría encantado tirarme la tarjeta a la cara con un montón de dinero y decirme que me fuese al infierno.

—Pero tú lo enviaste a mi casa, con el rabo entre las piernas.

—Como debe ser —replicó Roque—. Tiene que aprender a afrontar sus responsabilidades de una vez por todas y yo le enseñaré a hacerlo.

—No dirías eso si supieras lo que dice de ti.

—Soy mayorcito, me importan un bledo sus insultos.

En ese momento empezó a sonar el móvil de Angie.

—Es Alex —murmuró—. Le prometí que...

—No contestes, deja que espere.

Como si la hubiera conjurado, en ese momento sonó una sirena de policía a lo lejos. Con el teléfono en la mano, Angie sintió que sus ojos se empañaban.

—Yo hablaré con él —dijo Roque, quitándole el móvil de la mano.

—Por favor, no...

–Haz la maleta –la interrumpió él, dirigiéndose a la puerta–. *Boa tarde*, Alex. Tu hermana está ocupada ahora mismo. ¿Qué querías?

Después de decir eso cerró la puerta de la habitación y, a toda prisa, Angie guardó algunas cosas en una bolsa de viaje. Pero no guardó más que lo que pudiera necesitar para una noche. No estaría en su casa más de una noche.

Cuando salió del dormitorio y Roque la miró con una sonrisa en los labios, tuvo que contener el impulso de golpearlo con el bolso para que dejara de mostrarse tan satisfecho.

–¿Nos vamos?

Angie apretó los labios para no preguntarle qué le había dicho a su hermano. Se negaba a darle esa satisfacción.

Pero cuando le devolvió el móvil, no pudo evitarlo:

–¿No quieres guardarlo en tu escritorio, junto con mi talonario?

–No me des ideas.

Ella tomó el móvil y lo tiró en el bolso.

–Muy gracioso.

–He quedado con Alex mañana. Y lo que pase en esa reunión depende de ti.

Volvieron a su apartamento en silencio. Para entonces era medianoche y Angie estaba agotada.

Cuando se dio la vuelta estuvo a punto de chocar con Roque, pero mantuvo la mirada en su camisa.

–Buenas noches –se despidió.

De nuevo, él no dijo nada y Angie no miró hacia atrás mientras se dirigía a la habitación más alejada del dormitorio principal.

Dejando la bolsa de viaje sobre la cama, sacó un pijama de seda rosa y una barrita de jabón facial y entró en el cuarto de baño.

Diez minutos después se metía en la cama, intentando no pensar en nada.

Diez minutos después de eso, Roque entraba en el mismo dormitorio y, con las manos en los bolsillos del albornoz, se quedó mirándola con expresión apenada.

Estaba hecha una bola bajo el edredón, de modo que sólo podía ver su pelo extendido sobre la almohada. Y se preguntó qué clase de canalla querría despertarla en ese momento.

Él, él era ese canalla, pensó.

Sacando las manos de los bolsillos del albornoz, tomó a Angie en brazos con edredón y todo. Notó que se movía y se preparó para una discusión, pero ella apoyó la cabeza en su hombro, como si no se hubiera dado cuenta de que ya no estaba en la cama. Y, al ver su rostro dormido, una ola de sentimientos lo envolvió. El deseo de inclinar la cabeza para apoderarse de sus labios era tan fuerte que tuvo que hacer un esfuerzo sobrehumano para contenerlo.

Angie sentía como si estuviera flotando. Se sentía cómoda, calentita y segura. Giró la cabeza para apoyar la cara en la almohada y soñó que la apoyaba en el cuello de Roque...

Ese sueño otra vez, pensó, suspirando. Un día, se prometió a sí misma, encontraría a otro hombre con el que soñar, un hombre que borraría a Roque de su cabeza para siempre.

Entonces, de repente, el edredón se apartó. Angie, medio dormida, alargó una mano para recuperarlo y acababa de taparse hasta la barbilla cuando un sonido hizo que volviese la cabeza. Roque estaba al lado de la cama, quitándose un albornoz azul.

–¿Se puede saber qué haces aquí? –le espetó, con el corazón acelerado.

Capítulo 5

VOY A DORMIR –contestó Roque, impasible.

Angie se agarró al edredón con las dos manos.

–¡No vamos a dormir juntos!

La respuesta de Roque fue tirar el albornoz sobre un sillón. No llevaba nada debajo y, con absoluta tranquilidad, dejó que ella lo mirase.

Angie tuvo que tragar saliva mientras admiraba cada centímetro de ese glorioso cuerpo masculino. La piel de bronce satinado de sus hombros, los poderosos bíceps, el triángulo de vello oscuro que descendía en línea recta por su torso, pasando por el ombligo para llegar hasta... donde no le importaba que mirase.

Angie sintió un cosquilleo entre las piernas y, nerviosa, se agarró con más fuerza al borde del edredón.

–Te advertí que no me acostaría contigo y tú aceptaste –le recordó.

–Yo no acepté nada –dijo él, apartando el edredón con la clara intención de tumbarse a su lado.

Angie se apartó de un salto. Fue entonces cuando vio el otro edredón tirado en el suelo...

–¡Me has sacado de la habitación! –exclamó.

–Dormirás donde yo duerma –estirándose a su lado, Roque bostezó mientras alargaba una mano para apagar la lamparita–. Duérmete, estoy agotado.

¿Él estaba agotado? Ella llevaba meses acostándose a las diez y le daba vueltas la cabeza de cansancio. Pensó saltar de la cama para volver a su habitación, pero apenas podía mantener los ojos abiertos. Además, sabía que Roque volvería a llevarla a su dormitorio y no tenía fuerzas para soportar otra discusión.

Dejando escapar un suspiro de rabia, tomó una de las almohadas y la colocó entre los dos.

–Si me rozas, aunque sea por accidente mientras duermes, volveré a hincharte el labio –le advirtió.

Un silencio tenso siguió a esa declaración y Angie cerró los ojos, imaginándose a sí misma con una fuerza sobrehumana que la permitiría cargarse a aquel bruto. Era una fantasía tan satisfactoria que se agarró a ella como a un clavo ardiendo.

Pero entonces Roque soltó una carcajada.

–Si te tocase, perderías la cabeza.

–Ya te gustaría.

–Nunca has podido resistirte. Por fuera pareces de hielo, pero te enciendes en cuanto me ves. Sólo tengo que mirarte y estás muerta, Angie.

Ella se sentó sobre la cama, furiosa.

–Será posible... ¿de verdad crees que eres el único hombre que puede excitarme? ¿De verdad crees que porque fuiste mi primer amante no he hecho el amor con otro? Pues tengo una noticia que darte, Roque: he seguido adelante, como tú mismo has dicho.

Mentir nunca le había resultado fácil, pero merecía la pena sólo por ver ese brillo de rabia en sus ojos.

–Y deja de mirarme así.

–¿Así cómo?

–Como si hubiera hecho algo malo cuando eres tú el que se acuesta con todo bicho viviente. Es lógico que tengas esa imagen de playboy frívolo. Te la has ganado, desde luego.

–Y tú has decidido seguir mi ejemplo, ¿es eso?

–Tendría que tomar drogas milagrosas para seguir tu ejemplo –replicó Angie–. Lo que digo es que no te pongas en un pedestal. He conocido mejores y peores amantes que tú...

Roque se movió con tal rapidez que, aunque casi lo esperaba, Angie dejó escapar un gemido cuando se encontró de espaldas sobre la cama.

–¿Mejores que yo?

–Ah, vaya, he herido tu orgullo.

–Dime que estás mintiendo.

Angie arqueó una ceja perfectamente depilada, pero no dijo una palabra.

–Lo dices para vengarte –la retó él.

–¿No te gusta que te comparen con otros, *querido*?

Roque consiguió separar sus piernas con la rodilla. Pero no pasaba nada, se dijo Angie. Ella estaba bajo el edredón y él encima. Ni siquiera estaban piel con piel.

Y, sin embargo, el calor de su cuerpo conseguía atravesar la barrera de la tela. Apoyando el peso de su cuerpo en los brazos, con los bíceps marcados, la miraba a los ojos como esperando una respuesta.

–Me estás aplastando.

–Te encanta sentir el peso de mi cuerpo –replicó él–. Te gusta sentirte dominada por mí porque así tienes una excusa para dejarte ir. ¿Tus otros amantes sabían eso? ¿Ha sido frustrante para ti, *minha dolce*, que no te entendieran? ¿Tanto deseabas tirarme del pedestal que cerraste los ojos y abriste las piernas para esos amantes?

–No seas desagradable –dijo ella.

–Podría tenerte gimiendo entre mis brazos si quisiera –dijo Roque entonces–. En mi cama no eras de hielo, Angie, eras una mujer excitada y sexy con un solo objetivo en mente: tenerme dentro de ti y perder la cabeza.

Ella apartó la mirada, intentando no dejar que esas palabras la excitasen. Pero su cuerpo tenía otras ideas.

Como si lo supiera, Roque bajó las caderas para quedar sobre ella y el contacto con sus muslos hizo que el pulso de Angie se acelerase. Sus dedos seguían a un centímetro de su cara, su boca a unos centímetros de la suya.

–Di algo –la animó él–. Describe a esos amantes tuyos.

Angie negó con la cabeza.

–¿Dónde están esos hombres?

–¡Merecías que hubiese tenido mil amantes! –explotó ella.

Y eso fue su perdición. La fuerza de su respuesta hizo que sus labios se encontrasen y la chispa que saltó al rozarlo se convirtió en un volcán de sentimientos. Roque capturó su boca con un beso apasionado y, dejando escapar un gemido como el que él había descrito, Angie cerró los ojos y le devolvió el beso con abandono.

Roque la aplastó contra la cama, abrumándola con la ferocidad de su pasión hasta que, sin pensar, levantó los brazos para rodear su cuello.

Avergonzada por esa rendición, Angie descubrió que no podía contener lo que él había liberado. Era como si no hubieran pasado doce meses. Se sentía salvaje y furiosa al mismo tiempo. Podía notar los latidos del corazón de Roque y se derretía ante la evidencia de su erección.

Cuando él levantó la cabeza la encontró jadeando como si hubiera corrido una maratón y sonrió, sus dientes blancos brillando en la oscuridad.

—¿Ha habido otros amantes? –repitió.

—No –le confesó Angie.

Roque se apartó entonces hacia el otro lado de la cama y ella lo miró, perpleja de que pudiese parar así, de repente. Pero más sorprendida aún de que hubiera podido llevarla a ese estado con un simple beso.

—Duérmete –dijo Roque, antes de darse la vuelta.

Angie también se dio la vuelta, furiosa. Los ojos le quemaban y se preguntó si iba a llorar por fin. Sabía que había herido su orgullo, algo que nunca debería hacerle a un hombre como Roque de Calvhos, pero después de haberlo reclamado se había quedado dormido tranquilamente.

Tensa como un palo, se llevó una mano a los labios y cerró los ojos, haciendo lo imposible para que él no la sintiera llorar. Esperaría hasta que se hubiera quedado dormido y después volvería a la otra habitación. Y esta vez cerraría con llave.

Angie estaba soñando, un sueño inquieto, angustioso. Cuando dejó escapar un sollozo, Roque dejó de fingir que dormía y apartó la almohada que había entre ellos para apretarla contra su costado. Y Angie se apretó contra él como si buscara seguridad, susurrando su nombre en sueños.

Así debía ser, pensó. Pero no sabía cómo iba a convencerla.

Angie despertó sobresaltada, mirando alrededor. Pero un segundo después recordó que estaba en el apartamento de Roque...

Cuando vio que el otro lado de la cama estaba vacío dejó escapar un suspiro de alivio, aunque no sabía por qué. Estaba enfadada consigo misma por haberse quedado dormida cuando pretendía volver a su habitación.

¿Qué hora era?, se preguntó entonces.

Cuando miró su reloj, saltó de la cama dejando escapar un gemido. Era tardísimo, debería estar en la oficina.

Corriendo, salió al pasillo para ir al cuarto de

baño y sólo pensó en la reunión de Roque con su hermano cuando estaba en la ducha.

¿Se habría ido ya? ¿Estaría hablando con Alex?

Después de secarse a toda velocidad, tomó un albornoz que había detrás de la puerta para volver a la habitación. Pero cuando iba por el pasillo miró hacia abajo y vio que alguien había quitado los platos de la cena...

Angie se detuvo, atónita.

Había una extraña metiendo los platos en el lavavajillas. Una rubia alta y voluptuosa de pelo corto, con vaqueros y zapatillas de color rosa, a juego con la camiseta. Cuando se dio la vuelta, Angie vio que tenía los ojos azules y una boca en forma de corazón.

–Buenos días, señora De Calvhos.

–Hola.

–Soy Molly Stewart, vengo todos los días a limpiar –dijo la chica, al ver su cara de sorpresa.

¿Roque había contratado a una chica guapísima para que limpiara su apartamento? ¿Qué había sido de la señora Grant?

–¿Sabe dónde está mi marido? –le preguntó Angie, sorprendida por usar ese título como si estuviera intentando enviar un mensaje de advertencia a la rubia.

–Se marchó hace media hora y me dijo que

la dejase dormir –contestó Molly–. ¿Quiere que le haga el desayuno? ¿Un café?

–No, gracias. Voy a... tomar una botella de agua mineral de la nevera.

¿Por qué se mostraba tan antipática?, se preguntó a sí misma. «Porque no te gusta ver a esta chica tan guapa haciendo la cama de Roque», pensó.

Se sentía rara, como si fuera una intrusa allí, la aventura de una noche que se había quedado atrás mientras el amante latino desaparecía para evitar la torpeza del encuentro matinal.

Y luego se preguntó a cuántas chicas habría ofrecido Molly Stewart el desayuno. ¿Habría sido Molly una de ellas? ¿Se dedicaría Roque a seducir al servicio?

Angie sacudió la cabeza, enfadada consigo misma.

–Su marido me dijo que le hiciera el desayuno, señora De Calvhos. De hecho, me dijo muy claramente...

–No quiero desayunar, gracias –la interrumpió Angie, molesta por el «señora De Calvhos». Ella ya no era la señora De Calvhos, no quería sentirse como la esposa de nadie.

Especialmente tras el humillante fiasco de la noche anterior. Menuda fuerza de voluntad la suya, pensó.

–Tú eres Angie Haskins, ¿verdad? –exclamó Molly entonces–. Eres más guapa en persona que en las fotos.

Y luego se puso colorada, como si hubiera metido la pata. Angie se dio cuenta entonces de lo joven que era. Y simpática, además.

–Vamos a empezar otra vez –le dijo, suspirando–. Es que me ha sorprendido encontrarte aquí y estoy enfadada con... bueno, estoy enfadada. Debería estar trabajando ahora mismo.

–Ojalá yo tuviera tu pelo. El color es precioso.

–Te aseguro que no es fácil de manejar –Angie intentó sonreír–. ¿Mi marido ha dejado algún mensaje para mí?

–Ah, sí, te ha dejado una nota –Molly tomó un sobre de la encimera–. Y también me dijo que, si intentabas salir del apartamento pusiera una barricada, pero se supone que no debería decírtelo.

–¿Cuánto tiempo llevas trabajando aquí?

–Desde que empecé a estudiar en la Escuela de Negocios de Londres, con el patrocinio del señor De Calvhos –contestó la joven–. No hubiera podido estudiar sin su ayuda, así que le devuelvo el favor limpiando su casa. Mi abuela solía trabajar aquí, pero tuvo que retirarse por un problema de salud.

–Ah, lo siento. No sabía que la señora Grant estuviera enferma.

–No, ya no –Molly sonrió–. El señor De Calvhos le pagó un tratamiento privado y ahora está muy bien. Ha sido muy bueno con nosotras y le estamos muy agradecidas.

Haciendo un esfuerzo para no preguntar hasta qué punto estaba agradecida, Angie tomó el sobre y subió a la habitación, donde lo abrió con manos temblorosas.

Me he llevado las llaves de tu apartamento para que mi ayudante guarde en una maleta lo que puedas necesitar durante estos días. Sé sensata y no intentes ponerte en contacto con tu hermano. Espérame aquí, volveré a la hora de comer.

Roque

«Sé buena, no te muevas de donde estás y espérame como una esposa obediente» era lo que quería decir, por supuesto. Angie volvió a leer la nota y, de inmediato, tomó su bolso para hacer exactamente lo que Roque le había pedido que no hiciera.

Pero su móvil no estaba allí.

Se había llevado su móvil. Aquel hombre estaba loco, pensó.

Furiosa, buscó algo que ponerse para ir a trabajar en la bolsa de viaje. Diez minutos después,

volvía a bajar la escalera con un aspecto totalmente chic: unos vaqueros de diseño, unos zue-
cos de tacón que eran la última moda y un top de
color granate que debería quedar fatal con el
bolso verde y que, sin embargo, a ella le quedaba
de maravilla.

Molly la miró, atónita, mientras cruzaba el vestíbulo.

—Ojalá yo pudiera ponerme así de guapa en
diez minutos.

Para conseguirlo sólo tendría que moverse en
el mundo de la moda durante unos años, pensó
Angie.

Consiguió parar un taxi que pasaba por delante
del portal y, quince minutos después, entraba en
el elegante vestíbulo de CGM, con una hora de
retraso.

—Parece como si no hubieras pegado ojo en
toda la noche —dijo Carla a modo de saludo.

Cara era una ex modelo de los años ochenta
que aún seguía siendo increíblemente guapa, con
una figura esbelta y el pelo rubio platino. Por
fuera era una mujer bellísima, pero por dentro era
de hierro, con un cerebro para los negocios que
dejaba a los hombres temblando.

—Siento llegar tarde. Me he dormido...

—¿Con alguien a quien yo conozca?

Angie levantó los hombros.

–Yo no cuento esas cosas, ya lo sabes.

–Mejor, es demasiado aburrido. Y, conociéndote como te conozco, seguramente esas ojeras son culpa de tu querido hermano. Ve a maquillaje a ver si pueden hacer algo, cariño.

Angie hizo una mueca porque tenía razón.

Una larga lista de modelos y aspirantes a modelos la tuvieron ocupada durante el resto de la mañana. Ella tenía suficiente experiencia como para saber con una sola mirada cuál de ellas podría llegar a algo pero, por supuesto, no intentaba desanimar a ninguna.

No dejaba de mirar el reloj, preguntándose qué estaría diciéndole Roque a su hermano. Estuvo a punto de llamar a Alex en un par de ocasiones, pero siempre que iba a hacerlo entraba alguien por la famosa puerta de cristal de CGM.

Cuando llegó la hora del almuerzo empezó a ponerse realmente nerviosa.

¿Estaría Roque en el apartamento, furioso porque no lo había esperado? ¿Habría asesinado a su hermano? ¿Estaría Alex intentando ponerse en contacto con ella a través del móvil?

Carla salió al vestíbulo en ese momento con el bolso en la mano, seguramente para ir a comer, pero se detuvo cuando sonó su móvil. Afortunada Carla, pensó Angie.

–Espera, voy a mi despacho –la oyó murmurar.

El trabajo antes que el almuerzo. El trabajo antes que todo, así era Carla. En ese momento mantenía una relación con un miembro de la aristocracia británica, pero siendo como era tan discreta sobre su vida privada, Angie lo descubrió por casualidad. Estaba cenando en el apartamento de Carla una noche cuando él apareció de repente. Y sospechaba que era un hombre casado...

En realidad, no conocía a ninguna pareja cuya vida matrimonial fuese perfecta, pensó. Cuando era modelo había visto mujeres que acudían a los desfiles cubiertas de joyas y pieles, regalo de sus amantes, junto a las esposas de esos hombres, a veces en el mismo desfile.

Ésa era la parte más fea del mundo de los ricos y famosos, un mundo al que Angie había jurado no volver nunca más. Y, sin embargo, se había casado con Roque de Calvhos, un hombre así, un hombre que buscaría una amante cuando se cansara de su mujer.

Ya lo había hecho, se recordó a sí misma. Y ocurrió tan pronto que la dejó sin aire, ahogándose mientras Roque buscaba diversión en otra parte.

La intuición hizo que levantase la cabeza y, al hacerlo, vio que Roque entraba en la agencia.

Capítulo 6

ROQUE llevaba un traje de rayas grises que destacaba su poderoso cuerpo y que seguramente habrían hecho especialmente para él. Tenía un aspecto sensacional, pensó Angie. Alto, moreno, con unas facciones marcadas que atraían instintivamente a las mujeres: pómulos altos, nariz romana, una preciosa boca de labios más bien gruesos y sensuales...

Se le encogía el estómago al mirarlo.

Y lo peor de todo era que, a pesar del traje de chaqueta, podía verlo desnudo, como la noche anterior. Y Roque era un hombre que esquiaba en Aspen, que recorría la piscina montones de veces cada día antes del desayuno y levantaba pesas tranquilamente. De modo que tenía pectorales, abdominales, unos hombros anchos y fuertes, unos bíceps de ensueño, un torso cubierto de vello oscuro escondido bajo la camisa blanca y unos músculos que podían dejarla sin respiración.

Mientras se dirigía hacia ella, las chicas que

esperaban en recepción se lo comían con la mirada y Angie hubiera querido decirles que no lo mirasen, que era suyo.

Era absurdo, completamente absurdo, pero no podía evitarlo.

—Quiero mis llaves y mi teléfono —le dijo—. Y si le has hecho algo a mi hermano, te aseguro que lo lamentarás.

Las chicas que esperaban en el vestíbulo aguzaron el oído, interesadas. Roque, que estaba sonriendo hasta ese momento, dejó de sonreír y, con el instinto de un predador acorralando a una presa, aprovechó su superior estatura para levantar su barbilla con un dedo.

—*Bom dia*, mi preciosa fiera de ojos verdes —le dijo—. ¿Te importaría dejar la pelea para cuando estemos solos?

—Tú...

Sin dejarla terminar la frase, Roque la besó. Sencillamente, se inclinó hacia delante y se apoderó de su boca sin que ella pudiese hacer nada.

Tras ellos escucharon varios suspiros de admiración y, por un segundo, Angie temió suspirar también. Pero se apartó, sintiendo que le ardía la cara.

—Bueno, si esto no responde a mi pregunta... —oyeron una voz entonces.

Era Carla, tan sarcástica como siempre.

–*Bom dia*, Carlina –la saludó Roque–. Estás tan *atraente* como de costumbre.

–Espero que eso sea un cumplido.

–¿Cómo no? –Roque sonrió, con una de sus carismáticas sonrisas.

Carla miró a las chicas que esperaban y todas intentaron disimular de inmediato.

–¿Dejamos a Angie trabajando y vamos a mi despacho, Roque?

Angie se dio cuenta de que allí ocurría algo de lo que ella no sabía nada.

–¿Qué...?

–Dile a Izzy que no me pase llamadas, por favor –le pidió su jefa.

Roque y ella se dirigieron a su despacho, dejándola boquiabierta. Era evidente que Carla lo esperaba.

¿Pero por qué?

Fuera lo que fuera lo que Roque estaba tramando, Angie se sentía acorralada. ¿Iba a convencer a Carla para que la despidiese?

Nerviosa, levantó el teléfono para llamar a su hermano, pero no logró hablar con él. Ni siquiera saltaba el buzón de voz.

Cuando Roque y Carla reaparecieron en el vestíbulo, las chicas que esperaban habían entrado en la sala de maquillaje y Angie estaba sola.

–¿Dónde está? –le espetó.

—¿Quién?

—Sabes perfectamente de quién estoy hablando.

—¿Lo has llamado por teléfono?

—Sí, pero no contesta. ¿Qué le has hecho? ¿Por qué no contesta al teléfono?

—Cálmate, no le he hecho nada —contestó Roque—. *Adeus*, Carlina —se despidió, tomando a Angie del brazo.

—Espero que me llames —dijo Carla, casi como una amenaza.

—Muy pronto —asintió él.

En la puerta de la agencia los esperaba una limusina y, unos segundos después, se perdían entre el tráfico de Londres.

—¿Se puede saber qué está pasando? —le espetó Angie—. ¿De qué has hablado con Carla? ¿Le has pedido que me despidiera o algo así? ¿Y dónde está mi hermano? Será mejor que me lo digas o no respondo.

Roque la miró, pensativo.

—Si hubieras puesto tanta energía en hacer que nuestro matrimonio funcionase, no estaríamos en la presente situación.

—Ah, qué bien, y eso lo dice el hombre que se acostaba con otras mujeres mientras estábamos casados —replicó ella.

Él no dijo una sola palabra y Angie se dejó caer sobre el asiento de piel.

–Eres un hipócrita.

–Tu hermano sigue vivo, no te preocupes. No está en una comisaría ni escondido en ninguna parte.

Cuando volvió la cabeza vio que Roque estaba mirándola.

–¿Se puede saber de qué has hablado con Carla?

–De negocios.

Tener que estar continuamente discutiendo hacía que le hirviera la sangre, pero con Roque no quedaba más remedio porque era la clase de hombre que te comería viva si le dabas la oportunidad.

El coche se detuvo frente al edificio de su apartamento y Angie frunció el ceño cuando le dijo al chófer que volvería a necesitarlo en un par de horas.

–¿Por qué? ¿Dónde vamos? –preguntó Angie.

Él la tomó del brazo para llevarla al ascensor.

–¿Te importaría dejar de interrogarme? Sigo demasiado enfadado contigo como para jugar limpio ahora mismo.

–¿Qué has hecho?

Él no se molestó en contestar y cuando salió del ascensor Angie lo siguió, desconcertada. Molly se había ido y todo estaba perfectamente limpio...

Roque fue directamente a su estudio y abrió la puerta con tal fuerza que chocó contra uno de los armarios.

Aquello era ridículo. Angie ni siquiera sabía por qué estaba enfadado. ¿Y de qué había hablado con Carla? ¿Por qué su jefa la había dejado ir con él sin poner objeciones?

Respirando profundamente, Angie se dirigió al estudio decidida a conseguir respuestas. Aunque para eso tuviera que entrar en la guarida del león.

Roque estaba tras el escritorio, mirando su correo. No podía ver su cara, pero podía sentir el círculo helado que había a su alrededor, como una línea invisible que no debía cruzar.

–Roque...

–Sonríeme, Angie.

–¿Qué?

–Que me sonrías –Roque levantó la cabeza y la miró con expresión cínica–. Yo sonreía cuando he ido a buscarte para comer, así que me debes una. Sonríeme y dime algo agradable.

Aquello era una broma, tenía que ser una broma.

–¿Estás enfadado conmigo porque no te he sonreído?

–Se llama interacción: yo sonrío, tú sonríes. Yo te digo *bom dia*, Angie, tú dices: «Hola, Roque».

–Esto es ridículo. Lo que quiero saber es...

–Si vuelves a preguntar por tu hermano...

–¿Se puede saber qué te pasa? –exclamó Angie entonces.

Él respondió abriendo el cajón para tirar su talonario y su móvil sobre el escritorio. Y luego las llaves, que sacó del bolsillo del pantalón.

Angie lo miró, sorprendida.

–No te entiendo. Pensé que teníamos un acuerdo, pero ya no sé qué pensar.

–Ah, tenemos un acuerdo y, sin embargo, anoche tú querías dormir en otra habitación. Y pusiste una almohada entre los dos cuando te llevé a la nuestra.

–¿Estás enfadado porque no quise acostarme contigo?

–Podría haberte hecho el amor si hubiera querido, Angie –contestó Roque, recordándole que no había sido ella quien se apartó por la noche–. No soy un esclavo de mi libido y acepto que los dos necesitamos un tiempo para... acostumbrarnos a esta nueva situación.

–¿No me digas? –Angie se cruzó de brazos, retadora–. Tal vez la rubia que me he encontrado esta mañana en la cocina mantiene tu libido menos esclavizada. Porque lo único que recuerdo de cuando estábamos juntos es que tú querías hacerlo a todas horas y te ponías como un oso cuando te decía que no... igual que ahora.

–Tú nunca decías que no, al contrario –replicó

él–. Te he recordado lo de la almohada porque *tú* no has cumplido el acuerdo.

–El acuerdo era que no iba a acostarme contigo –le recordó Angie.

Roque se encogió de hombros.

–Ya veremos.

–¿Y quién es la rubia, por cierto?

Sintiéndose un poco avergonzada por haber mencionado a Molly, aunque aún no tenía bien claro si la joven tenía otras obligaciones además de la limpieza, Angie tomó sus cosas del escritorio y se dio la vuelta.

–¿Dónde crees que vas?

–A tomar algo mientras tú decides por qué estamos discutiendo.

–No te vayas muy lejos, nos vamos a Portugal en un par de horas.

–¿A Portugal? –repitió ella, atónita.

–Yo vivo allí.

–Sí, pero...

–En la oficina de Londres suelen verme una vez a la semana.

–Sí, pero yo tengo que ir a trabajar.

–Carlina ha aceptado darte unos días de vacaciones.

De modo que era de eso de lo que habían hablado. Roque había convencido a Carla para que la dejase ir, seguramente con la excusa de «darle una segunda oportunidad a su matrimonio» y Carla se había dejado convencer sin preguntarle a ella lo que quería.

–¿Y yo no tengo nada que decir?

Roque volvió a encogerse de hombros.

–Tú no eres mi amante, Angie. En general, las amantes se quedan mientras las mujeres viajan con sus maridos.

De repente, Nadia volvió a aparecer entre ellos. Nadia, con su exótico aspecto brasileño. Incluso hablaban el mismo idioma, de modo que podían conversar sin que nadie más se enterase de lo que estaban diciendo.

Y Nadia viajaba... como ella había viajado una vez. Nadia seguía el circuito de la moda y si coincidía con Roque mucho mejor.

–Pero yo ya no viajo –le recordó Angie.

–Irás donde yo vaya –afirmó él entonces–. La última vez dejé que dictases dónde y cuándo podía ver a mi mujer. Esta vez serás tú quien tenga que llegar a compromisos, querida. Y recuerda, por favor, antes de ponerte a gritar, que la situación de tu hermano depende de eso.

–Ni siquiera sé cuál es la situación de mi hermano ya que tú no te has molestado en contármelo. Y si esperas que me marche contigo a Portugal y deje a Alex solo para que vuelva...

Angie no terminó la frase.

–No te preocupes por Alex, no volverá a meterse en problemas por la sencilla razón de que no estará en Inglaterra. Hemos ido juntos a hablar con el decano de su facultad y va a tomarse un año de vacaciones, empezando hoy mismo.

–¿Y dónde va a ir? –exclamó ella, atónita.

–A Brasil, a mi rancho cerca de Sao Paulo.

–¿A Brasil...?

–Va a aprender a llevar un rancho, a trabajar con ganado, a vivir de la tierra...

–¿A Brasil? –repitió Angie–. ¿Pensabas enviar a un chico de diecinueve años al otro lado del mundo durante todo un año sin hablar antes conmigo?

–Alex es mayor de edad, puede tomar esas decisiones por sí solo.

–¡Querrás decir que tú has tomado la decisión! ¿Cuál era la alternativa, la cárcel?

–Sí –le confirmó él–. Pero Alex eligió trabajar en el rancho para pagar lo que me ha robado.

Que usara esa expresión hizo que ella diese un paso atrás.

–¿Y dónde está ahora?

–Volando cómodamente en primera clase sobre el Atlántico. Va de camino a Sao Paulo.

Incrédula, Angie miró a Roque, oscuro como el demonio y tan frío como el hielo.

–Te llevaste mi teléfono para que no pudiera llamar a mi hermano. Lo has hecho salir del país sin decirme nada, sin dejar que hablase con él. ¿Por qué?

Por primera vez desde que volvieron a casa, la voz de Roque no parecía tan firme como antes:

–Me pareció que sería más fácil...

–Más fácil para ti, claro.

–Alex tiene que enfrentarse con sus responsabilidades –insistió Roque–. Y lo ha hecho sin ningún problema, pensando que tú estabas de acuerdo.

–¿Le has hecho creer que yo le había dado la espalda?

Roque dejó escapar un suspiro.

–Angie, acordamos que yo me haría cargo de tu hermano a partir de ahora.

–¿Acordamos? ¡Tú me obligaste a aceptar ese acuerdo, amenazando con llamar a la policía!

–Necesitamos un poco de espacio para retomar nuestro matrimonio sin que tu hermano esté constantemente bombardeándolo.

–¡Pero yo no quiero retomar mi matrimonio contigo!

–¿Entonces por qué estás aquí?

–¿Por qué? ¿Por qué? –repitió ella–. ¿Crees que estaría aquí si no hubieras amenazado con denunciar a mi hermano? –Angie dejó escapar un suspiro–. ¿Por qué haces esto, Roque?

–En mi familia nadie se divorcia –respondió él.

Angie tuvo que hacer un esfuerzo para contener unas lágrimas que no se había permitido a sí misma desde...

–De modo que esta vez tendremos que esforzarnos un poco más.

Ella no respondió, pero el brillo de sus ojos lo mantenía cautivo. Era como si estuviera proyectando una imagen de Nadia entre los dos...

–Quiero intentarlo, de verdad –añadió Roque.

Angie parpadeó un par de veces y el brillo de las lagrimas desapareció, pero no el dolor que había en sus ojos.

–¿A tu manera o a la mía?

–Lo único que intento...

–Sólo puedes controlar mi vida porque sabes que me importa mi hermano –lo interrumpió ella.

Angie cerró la puerta del estudio despacio, pero Roque hizo una mueca, como si hubiera cerrado de un portazo.

La complicada paradoja de tener una relación con Angie era que su hermano siempre sería lo primero.

Y tuvo que contener una carcajada amarga, preguntándose por qué se molestaba cuando había cientos de mujeres con las que podría tener una relación mucho más cómoda para él.

Pero la respuesta estaba en la pregunta: él no quería a ninguna otra mujer. No quería una relación más cómoda, quería a aquella pelirroja peleona capaz de amar de manera incondicional... mientras tu nombre fuera Alex y no Roque.

Capítulo 7

ROQUE atravesó la verja de la finca d'Agostinho y se metió por el túnel de árboles que flanqueaba el camino. La oscuridad se los tragó por un momento, borrando todos los colores, los faros del coche iluminando las curvas del camino que llevaba hasta la casa.

La finca estaba situada a las afueras de Lisboa, en medio de una fabulosa pradera sobre una colina llena de árboles y para ver la casa tenías que llegar hasta arriba. O mirarla desde un helicóptero. Ella lo sabía bien porque había pasado allí su noche de boda con Roque.

Cuando el túnel de árboles terminó, Angie se movió por primera vez desde que subió al coche en el aeropuerto.

Había estado allí sólo una vez, esa noche, lo cual era extraño ya que aquélla era la casa de su marido. Pero Roque tenía un precioso apartamento en un palacio del siglo XVI reformado en el centro de Lisboa al que solían ir a menudo, de modo que

aquella fabulosa finca, con sus bosques y sus jardines, seguía siendo un sitio extraño para ella.

Poco después llegaban al final del camino y,
sin darse cuenta, Angie se echó hacia delante para
mirar la casa.

Todas las luces estaban encendidas para recibir
al dueño y señor, pensó, sintiéndose vagamente
amenazada, aunque no sabía por qué.

El dinero, la elegancia, la tradición y los siglos
de historia estaban allí, en el color albaricoque de
las paredes de la mansión, en los fabulosos árboles
que le daban sombra. Angie vio el porche que ro-
deaba la casa, los balcones del primer piso y la
torre de piedra en una esquina, como si la hubieran construido después de terminar la mansión,
como una ocurrencia tardía.

Roque giró hacia la izquierda, hacia una co-
chera dividida por columnas, y apagó el motor sin
decir nada.

Angie aceptó su mano cuando la ayudó a bajar
del Range Rover. Se habían mostrado amables el
uno con el otro desde que salieron de Londres.
Amables, distantes, sin nada que decirse.

Tembló al sentir la fresca brisa acariciando su
piel y, sin decir una palabra, Roque se quitó la
chaqueta para ponerla sobre sus hombros.

Llevaba un jersey en la bolsa de viaje, pero estaba detrás, con el resto de sus cosas. Además,

aunque no estaba de humor, la estilista que había en ella no la dejaría ponerse un jersey turquesa cuando llevaba un bolso verde al hombro.

Su bolsa de viaje había aparecido junto a un juego de maletas de piel antes de que subieran al avión.

–Tus cosas –le había dicho Roque.

Sus «cosas», las cosas de su armario, dobladas y guardadas, estaban en la parte trasera del coche. Sencillamente, Roque había hecho una mudanza sin consultarla siquiera. Expatriada y desalojada de su casa con la eficiencia de un hombre acostumbrado a decirle a los demás lo que tenían que hacer.

Un hombre bajito con camisa blanca salió de la casa y saludó a Roque con una sonrisa.

–*Meu querida*, te presento a Antonio. Antonio no habla nuestro idioma, así que sé amable con él.

Angie lo miró, perpleja. ¿Pensaba que no iba a ser amable con el servicio? Que pensara eso le dolió y la enfureció a la vez.

–*Boa tarde*, Antonio –lo saludó.

–*Boa tarde, senhora* –dijo el hombre. Pero luego lanzó un parrafada en portugués que la obligó a mirar a Roque para pedir ayuda.

–Te está dando la bienvenida.

–Ah, gracias.

–*Obrigado* –dijo Roque.

Antonio se dirigió a la parte trasera del coche para sacar las maletas y Roque la llevó hacia una puerta lateral que daba a un largo pasillo.

El suelo de mármol blanco y negro y las molduras de caoba hablaban de elegancia preservada durante años, de tradición. La casa estaba llena de antigüedades, ninguno de los muebles parecía tener menos de cien años, y Angie sentía como si Roque creciera en estatura a medida que se adentraban en la casa.

Por fin, el interminable pasillo terminó y llegaron a un enorme vestíbulo con una espectacular escalera de mármol. Una mujer bien vestida, que tenía cierto parecido con Antonio, los esperaba al pie de la escalera. El parecido fue confirmado cuando Roque le explicó que era la hermana de Antonio, Zetta, con quien charló un momento en portugués.

Sólo cuando puso una mano en su espalda para llevarla hacia la escalera entendió por qué habían entrado por una puerta lateral.

La primera vez que estuvo allí, como flamante esposa de Roque, él la había llevado en brazos por la puerta principal. Ese día no había criados esperando. Estaban solos, riendo mientras él insistía en subirla en brazos hasta la habitación.

Pero esta vez no había gestos románticos. No habría ni risas, ni besos robados por el camino.

El silencio parecía encoger su corazón. ¿Qué

había sido del romanticismo que habían llevado a la casa el día de su boda?

Sin esperar indicaciones, Angie giró hacia la derecha cuando llegaron arriba porque sabía que el dormitorio principal estaba allí. Ni siquiera se le ocurrió ir a otra habitación. Le parecía absurdo intentarlo cuando sabía que Roque haría lo que había hecho en Londres: ir a buscarla.

Además, estaba agotada, triste y deprimida por recuerdos que le gustaría haber borrado de su memoria.

Roque dio un paso adelante para abrir la puerta, rozándola con el brazo sin querer, y durante un segundo sus sentidos se pusieron en alerta. Parecía a punto de decir algo...

¿Estaría recordando lo mismo que ella?

Su corazón se encogió de nuevo pero Roque se limitó a hacerle un gesto con la mano y Angie entró en el dormitorio, con cortinas de brocado de color albaricoque a juego con el edredón sobre una preciosa cama con dosel...

Pero no quería mirar la cama. No quería centrarse en nada.

Después de dejar la chaqueta de Roque sobre el respaldo de una silla, se acercó a una de las ventanas, pero fuera estaba demasiado oscuro como para ver nada.

—Antonio traerá tus cosas enseguida.

–Muy bien.

–Y Zetta está haciendo algo de cena. Como es tarde, he pensado que preferirías cenar aquí.

Angie asintió con la cabeza.

–Gracias.

Roque se quedó mirándola un momento.

–Angie...

–Antes me gustaría ducharme, si no te importa –lo interrumpió ella.

–Sí, claro.

Parecía molesto, pero ella no reaccionó. No quería pelearse con él otra vez. Pero se sentía rara, como si hubiera perdido algo precioso. Y claro que lo había perdido: su libertad.

Sin decir nada, cruzó el dormitorio y pasó bajo uno de los arcos que había a cada lado de la cama, el que daba paso a su vestidor y su cuarto de baño, donde podría haber metido todo su apartamento de Londres. Sólo cuando por fin estuvo bajo la ducha empezó a sentirse humana otra vez.

Envuelta en un albornoz que parecía de terciopelo, volvió a la habitación.

Mientras ella estaba en la ducha, alguien había subido sus maletas y colocado todo en los armarios. Sus trajes, sus vestidos, zapatos, tops y blusas, todo estaba bien colgado y coordinado por colores. Ella no podría haberlo hecho mejor, pensó.

Cuando entró en el dormitorio, la mesa ya estaba puesta frente a una de las ventanas. La cena consistió en una aromática sopa de verduras, pan recién hecho y una taza de té.

Mientras cenaba sola, Angie por fin miró hacia la cama. Una cama que había evitado mirar hasta entonces porque era la cama en la que había pasado su noche de boda con Roque.

Una noche de pasión, de amor. Allí había descubierto que había una diferencia entre ser una amante y ser una esposa, como si los votos matrimoniales que habían intercambiado en la iglesia hubiesen borrado lo meramente físico, creando una nueva intimidad que los abrumaba a los dos.

Entonces Roque la amaba, Angie estaba segura de ello. Y ella lo amaba a él. Se lo habían dicho una y otra vez durante la larga y apasionada noche que pasaron en esa cama.

Una cama que compartiría con Roque en unas horas.

Alguien había abierto el embozo, el edredón colocado sobre la otomana, a los pies de la cama.

«Hola, luna de miel», pensó, irónica. El destino parecía estar burlándose de ella porque su luna de miel había consistido en una sola noche. A la mañana siguiente tuvo que volver a Londres porque su hermano había vuelto a meterse en líos.

Era increíble que Roque hubiera soportado a su hermano, pensó entonces.

Ese pensamiento hizo que se levantara de la silla, nerviosa de repente. No quería pensar qué habría sentido Roque cuando puso a su hermano por delante de él durante su luna de miel...

Como un intruso en su propio matrimonio.

Angie hizo una mueca al recordar lo que había dicho. Pero era lógico que hubieran empezado a pelearse entonces.

La puerta se abrió en ese momento y Roque entró en la suite con el traje oscuro que había llevado durante el viaje, pero sin la chaqueta y la corbata. Y Angie sintió mariposas en el estómago. Era tan sofisticado, tan exótico, tan absolutamente masculino. La camisa blanca destacaba la anchura de sus hombros y la seda del pantalón oscuro sus poderosos muslos.

Pero cuando lo miró a la cara pudo ver una determinación en sus ojos que la puso en guardia.

—Contesta —dijo él, ofreciéndole un móvil.

—¿Qué?

—Es tu hermano. He conseguido hablar con él mientras hacía una escala.

Resultaba irónico que se hubiera esforzado en localizar a Alex cuando la última persona en la que quería pensar era precisamente su hermano.

—Roque... —empezó a decir Angie. Aunque no sabía qué quería decir.

Roque puso el teléfono en su mano y luego desapareció en el vestidor. Angie lo siguió con la mirada, nerviosa y un poco desconcertada.

–¿Estas ahí, Angie?

Sólo al escuchar la impaciente voz de Alex recordó que tenía el móvil en la mano.

–Sí, estoy aquí. ¿Estás bien?

–Pues claro que estoy bien. ¿Crees que soy un niño pequeño?

«Sí», pensó Angie.

–No, pero...

–No te puedes imaginar lo genial que es esto –siguió Alex entonces–. Estoy viajando en primera clase...

–¿Pero dónde estás?

–No lo sé –contestó su hermano, como si no le importase–. El avión ha hecho una escala para repostar. ¿Sabías que puedes darte una ducha y un masaje mientras esperas? Es genial ver cómo viven los ricos.

–Pero... ¿y tus estudios? No puedes...

–A la porra mis estudios –la interrumpió él.

–¿Cómo puedes decir eso?

–Puedo volver a la universidad cuando quiera. Esto es lo mejor que me ha pasado nunca, Angie. Roque se está portando muy bien conmigo. ¿Quién lo hubiera imaginado? ¿Te ha contado que voy a montar a caballo?

–Sí, bueno...

–La verdad es que ahora me siento culpable por haberme portado tan mal con él y...

La conexión se cortó por un momento.

–No te he oído. ¿Qué has dicho?

–Tengo que colgar, nos llaman para que subamos al avión. Oye, Angie, siento mucho haberlo estropeado todo entre Roque y tú.

–No es culpa tuya.

–Claro que sí –su hermano suspiró–. Yo quería romper vuestro matrimonio, ésa es la verdad. Estaba celoso de él y quería separaros. Pero robar dinero es demasiado ruin. Tengo suerte de que no me haya dado una paliza.

–Escúchame...

–Te quiero mucho, Angie, pero es hora de hacerme responsable de mi vida. Estoy bien, no te preocupes por mí...

–¿Alex? –lo llamó Angie.

Pero su hermano había cortado la comunicación o habían perdido la señal. Angie se quedó mirando el teléfono, sorprendida. Su hermano estaba contento y, de repente, Roque había dejado de ser el enemigo para convertirse en su héroe. No le importaba que lo hubiese enviado al otro lado del mundo, lejos de ella. De hecho, parecía encantado.

Un sollozo escapó de su garganta, no sabía por qué.

Y cuando una mano le quitó el teléfono, Angie se dio cuenta de que estaba temblando.

—Respira —dijo Roque.

Pero ella negó con la cabeza. Quería llorar. Ahora que un sollozo había escapado de su garganta, quería llorar como nunca.

—De repente eres su héroe —le dijo.

Ella había tenido que ponerse entre los dos como un árbitro en una pelea de boxeo, apartándolos mientras se insultaban el uno al otro. Y ahora, de repente, habían decidido firmar una tregua.

¿Por qué no lo habían hecho cuando debieron hacerlo?

Además, Nadia seguía entre Roque y ella como un espectro sonriente. Y no sólo Nadia, pensó.

Él apretó su mano, suspirando.

—Te pido disculpas. Es verdad que debería haberte contado antes lo del viaje de Alex, pero ya estaba en el avión y sabía que no podrías ponerte en contacto con él durante horas. Cuando quiero algo soy implacable, pero te aseguro que ahora me avergüenzo.

—No sé si lo has enviado a Brasil para convertirlo en un hombre o porque querías alejarlo de mí todo lo posible.

—Un poco de las dos cosas —confesó Roque—.

Espera, toma –murmuró, tomando una servilleta de la mesa para secar sus lágrimas.

–Soy yo quien debería disculparse –dijo Angie–. No quería llorar.

–Pues yo creo que es algo que deberías haber hecho hace mucho tiempo.

Seguramente tenía razón, pensó ella. Durante horas, días, meses, años, había estado guardándose todo dentro sin darse cuenta. Desde los diecisiete años había intentado contener sus emociones porque era la única manera de sobrevivir y de conseguir que su hermano sobreviviera. Un miedo constante había empujado sus decisiones. Si lo hacía mal y no podía pagar el internado de Alex, se arriesgaba a que los servicios sociales lo llevaran a una casa de acogida...

Y entonces apareció Roque, una distracción muy tentadora.

–Tienes razón –murmuró–. No debería haber dejado que Alex controlase mi vida.

Era una concesión, pero él no parecía impresionado.

–Es tarde y tengo que darme una ducha. Vete a dormir.

Después de eso, se dirigió al cuarto de baño, como si no pasara nada.

–Te crees perfecto, ¿verdad? –le espetó Angie, enfadada–. Crees que porque tenías razón sobre mi hermano tú has quedado por encima. Pues tú no te portas mejor que mi hermano cuando quieres algo. Alex tenía celos de ti, ¿cuál es tu excusa para convertir nuestro matrimonio en una batalla en la que los dos os peleabais por controlar mi vida? ¿Quién de los dos era el adulto?

Roque la miró, irónico.

–Pobre Angie, sometida por dos cavernícolas.

–He cometido errores, lo sé. No fui una buena esposa...

–Desde luego que no.

–Pero tú no fuiste un buen marido –replicó ella, dolida–. Y, al menos, yo no busqué consuelo en la cama de otro hombre.

Roque la miró entonces con un brillo en los ojos que parecía de remordimiento. Pero cuando abrió la boca para replicar, Angie lo interrumpió:

–No te atrevas a pedir disculpas.

–No tengo intención de disculparme. ¿Por qué iba a hacerlo si tú misma has reconocido que no fuiste una buena esposa?

Angie tuvo que apretar los puños mientras Roque entraba en el vestidor.

Era increíble. ¿Qué esperaba, que se disculpase por haberlo empujado a la cama de otra mujer?, se preguntó, atónita.

Pero al escuchar un golpecito en la puerta intentó calmarse.

–Pase.

La puerta se abrió y una criada de pelo oscuro y uniforme azul entró en la habitación para recoger la bandeja de la cena.

Angie descubrió que se llamaba María y que, afortunadamente, hablaba su idioma. Después de darle las gracias, entró en el baño para lavarse los dientes y arreglarse un poco el pelo, pero cuando se miró al espejo vio unos labios que temblaban de manera patética y unos ojos llenos de dolor.

¿De verdad creía Roque que podía justificar lo que había hecho culpándola a ella? Evidentemente, así era o no lo habría dicho. Y no era buen presagio para lo que iba a ocurrir unos minutos después, cuando se metieran juntos en la cama.

Sabía que dormir no era la intención de Roque en aquella ocasión y lo que había dicho por la tarde aún le dolía porque sabía que era verdad.

De vuelta en el vestidor, empezó a buscar un camisón en los cajones. Encontró uno, pero cuando iba a tomarlo vio otro cuidadosamente doblado y en sus ojos se encendió una luz de desafío...

Sonriendo, se quitó el albornoz y lo tiró al suelo, decidida.

El camisón era la antilujuria, una cosa enorme y larga que la taparía desde el cuello hasta los pies. Se lo había regalado una empresa de ropa interior que quería poner de moda el estilo *novia*

victoriana. En el anuncio, las demás modelos lle-
vaban ropa interior sexy y el contraste había quedado perfecto. El virginal camisón y su largo pelo
rojo...

–Angie, tenemos que hablar. *Meu Deus*...

Angie vio a Roque en la puerta, mirándola
como si acabara de salir desnuda de un pastel de
cumpleaños.

Llevaba una toalla atada a la cintura... y nada
más. Una toalla que le llegaba hasta la mitad de los
muslos. Era una imagen como para caerse de espaldas. Tenía el pelo mojado y unas gotas de agua
resbalaban por sus hombros y el vello oscuro de
su torso...

Angie se quedó sin respiración. Era imposible
no admitir la verdad: Roque era la perfección
masculina, un hombre que emitía una tremenda
promesa de cruda sexualidad.

Sus ojos estaban clavados en el varonil torso,
que despertaba una serie de escalofríos y cosqui-
lleos en su abdomen y en sus pechos. Daba igual
que lo conociese bien, que hubiera besado cada
centímetro de ese cuerpo perfecto, que supiera lo
que había escondido bajo la toalla y...

–*Meu Deus,* estoy reviviendo mi momento perfecto –dijo Roque.

Angie parpadeó, poniéndose colorada.

Verla desnuda por primera vez era un momento que guardaría en su memoria para siempre, pensó Roque. Las mejillas encendidas, los labios temblorosos, la melena roja cayendo sobre sus hombros y esa piel de porcelana. La recordaba delante de él, con las piernas apretadas y los brazos cruzados sobre el pecho como si quisiera esconder sus pechos, pero los dos perfectos globos asomaban por encima de sus antebrazos, excitándolo como nunca.

Entonces se había sentido como el villano de un antiguo melodrama, a punto de desflorar a una pálida y temblorosa virgen. Y le había encantado. Su sangre portuguesa despertó a la vida en ese momento; siglos de genes de machos alfa de los que debería haberse avergonzado.

Si su tatarabuelo estuviera vivo, se habría sentido orgulloso. Drogo de Calvhos tenía sesenta y cuatro años y era un lujurioso viudo sin hijos cuando se casó con la hija de un duque, una chica de dieciséis, vendida por el precio de unas tierras. Según decían, su esposa le había hecho una cicatriz en la cara intentando apartarlo la noche de boda, pero le había dado tres hijos antes de cumplir los veinte años y cada concepción había añadido una cicatriz nueva en el rostro de Drogo.

—Vete —dijo Angie, tirando el camisón para tomar el albornoz del suelo.

Por alguna razón que no podría explicar, Roque levantó una mano para tocarse la cara. Tal vez el instinto le estaban advirtiendo que iba a pasarle lo mismo que a su tatarabuelo si no tenía cuidado. Él tenía treinta y dos años y no sesenta y cuatro y Angie era una mujer de veintitrés, pero la nota de advertencia seguía ahí. Parecía estar diciendo: no te atrevas a tocarme.

–Ahora tienes más curvas que antes.

Roque dio un paso hacia ella, el calor de sus ojos asustando a Angie mientras intentaba ponerse el albornoz.

–Es un poco tarde para eso, *meu amante*.

Estaba tan cerca que podía sentir el calor de su cuerpo, oler el gel de la ducha.

–Has dicho que querías hablar –le recordó.

–Ya no me acuerdo.

–Pero yo sí. Y tengo que...

Angie olvidó lo que iba a decir cuando Roque dio otro paso adelante para tomarla por la cintura.

–Roque...

–*Sim, minha dolce*.

–Sigues... enfadado conmigo.

–No estoy enfadado contigo.

Y se lo demostró acercándose un poco más, la fuerza de sus sentimientos marcándose bajo la toalla húmeda. Angie dejó escapar un gemido cuando inclinó la cabeza para capturar su boca.

Intentando evitar el beso, y el roce de su erección,

echó la cabeza hacia atrás para mirarlo a los ojos. Dijera lo que dijera, ella sabía que estaba enfadado. Abrió los labios para decirlo, pero Roque aprovechó para introducir la lengua en su boca, apretándola contra él. Y la besó hasta que sus labios estaban hinchados y sintió que empezaba a derretirse.

–Dime que me deseas –murmuró.

Angie clavó las uñas en sus bíceps y lo empujó, intentando buscar aire.

–Haré que lo digas –le advirtió Roque.

–No, no lo harás –respondió ella, con un brillo desafiante en los ojos.

Con una precisión que la dejó sin aliento, Roque inclinó la cabeza y se apoderó de uno de sus pezones con los labios. Angie dejó escapar un gemido, clavando las uñas en sus brazos para poder mantenerse en pie. Sin darse cuenta, murmuró su nombre, levantando las caderas hacia él, sintiendo que los latidos de su corazón se volvían fieros ante el íntimo contacto.

Lo deseaba, por fin tuvo que admitir. Deseaba estar entre los brazos de Roque, que la hacía sentir pequeña y delicada. Deseaba acariciar sus satinados hombros y enredar los brazos en su cuello...

Sus ojos se encontraron durante una décima de segundo, los de él encendidos, los de ella de un vívido color esmeralda. Estaba jadeando y Roque parecía ferozmente excitado.

–Sí –murmuró.

Y eso fue todo.

Roque la besó y ella le devolvió el beso con la misma urgencia, agarrándose a su cuello mientras él la acariciaba por todas partes. Cuando la toalla desapareció, se arqueó hacia su torso con un instinto tan antiguo como el tiempo. Roque jadeaba mientras levantaba una de sus piernas para enredarla en su cintura...

Iba a tomarla allí mismo, de pie, frente a los armarios. No necesitaba preliminares, estaba preparada para él. Quería que Roque perdiese la cabeza y se enterrase en ella hasta el fondo.

Y él lo sabía también. Podía verlo en el brillo de sus ojos.

–Dilo.

Angie dejó escapar una risa estrangulada porque era absurdo que quisiera oírlo cuando estaba temblando entre sus brazos.

Roque la tomó en brazos para llevarla al dormitorio y dejarla sobre la cama, inclinando la cabeza para besarla de nuevo, exaltado por el gemido de placer que escapó de sus labios.

«Mía», pensó, experimentando una sensación de triunfo. Aunque no quería que fuera suya.

Como si supiera lo que estaba pensando, Angie dijo:

–Odio cuando me haces esto.

–Y a mí me encanta hacerlo –replicó él.

Luego siguió besando su cuello, el nacimiento de sus pechos, su garganta... y Angie olvidó de qué estaban hablando.

La espera, sin embargo, le resultó insoportable. Roque besaba cada centímetro de su cuerpo, acariciándola con las manos donde no podía llegar con la boca. Y cuando por fin le dio lo que esperaba y enterró un dedo entre sus muslos, Angie se quedó completamente quieta.

Él levantó la cabeza para ver el brillo de deseo en sus ojos, su sangre ardiendo cuando el terciopelo húmedo lo envolvió.

–¿Te gusta esto, querida? –susurró.

Angie no encontraba su voz, pero levantó una mano para acariciar su rostro, diciéndoselo todo con ese gesto. Era tan hermoso que la emocionaba y, cuando la besaba, su corazón se derretía.

Pero esa calma no duró mucho tiempo. Él quería más... y sabía cómo conseguirlo.

Los besos se volvieron más exigentes, las caricias más atrevidas. Sabía cómo despertar una respuesta y Angie lo acarició también, haciéndolo suspirar. Cuando se inclinó para besar sus pechos y ella tomó la poderosa erección con las dos manos, notó que se hinchaba por ella, palpitando, exigiendo más. Y Angie se lo dio, sin pensar.

Sus labios se encontraron de nuevo una y otra vez hasta que no pudo soportarlo más.

–Roque... por favor...

Él reclamó su boca una vez más, enloqueciéndola con el sedoso fuego de su lengua mientras seguía acariciándola entre los muslos, entrando en ella y saliendo de nuevo, estimulando el diminuto capullo escondido entre los rizos y chupando sus pezones con una urgencia que la hizo enterrar los dedos en su pelo.

–Por favor, Roque –se oyó suplicar a sí misma con voz ansiosa, arqueando la espina dorsal hacia él–. Haz eso otra vez...

Y él lo hizo, una y otra vez, llevándola a aquel sitio desconocido donde sólo importaban sus caricias, el calor de su aliento en la cara, el roce de su barba y las palabras que susurraba mientras la animaba a dejarse ir. Luego, como un maestro en el arte de la seducción, se colocó sobre ella y la llevó al abismo con la primera embestida.

Era como volver a la vida después de estar años en el limbo. Las olas de placer no parecían terminar mientras Roque besaba su boca, su cuello, su garganta, sus hombros, haciendo que perdiese la cabeza porque cada caricia era un tormento que no duraba lo suficiente.

–Abre los ojos.

Ella obedeció, sin aliento.

–Dile adiós a tus principios morales, Angie –musitó Roque, con un brillo de furia en sus ojos oscuros.

Y, con una embestida final, la envió confusa y abrumada a un mundo que daba vueltas.

Después, sintió como si estuviera cayendo a un pozo sin fondo, el poder del orgasmo casi como un grito en su cerebro. Roque estaba sobre ella y ver que también le faltaba la respiración fue un pequeño consuelo.

Deseaba apartarse, pero no quería provocar otra frase como la anterior. Había jurado no volver a acostarse con él, pero lo había hecho y Roque quería asegurarse de que supiera que lo estaba haciendo.

Por fin, se echó hacia atrás, apoyándose en los antebrazos para mirarla. No había nada, ni un brillo de emoción en sus ojos.

Luego, haciendo una mueca, se apartó. Y en cuanto lo hizo, Angie se levantó de la cama. Aunque tenía los ojos empañados, no iba a llorar.

Intentaba ir en línea recta hacia el vestidor, pero le temblaban las piernas...

–*Retribuiçao* –dijo él–. Significa retribución, recompensa. Porque no me acosté con Nadia.

Capítulo 8

ANGIE se quedó inmóvil.

—Las revistas interpretaron mal lo que vieron —siguió Roque, con voz helada—. Así que estás en deuda conmigo, Angie. Doce largos meses cargando con el título de marido infiel... ahora nunca sabrás lo que he hecho o con quién he estado desde que me dejaste.

—¿Y ésa es tu idea de la venganza? —exclamó ella, atónita.

—Creo que me debías algo.

—Pues espero que hayas encontrado satisfacción.

—¿Eso es todo lo que tienes que decir? —preguntó Roque, tan irónico que Angie estuvo a punto de darle lo que merecía, una bofetada.

Pero no lo hizo. Estaba demasiado dolida y asqueada consigo misma por haberse dejado llevar.

—Como tú me dijiste ayer, éste es un momento diferente y una situación diferente. ¿No dijiste que íbamos a intentar retomar nuestra relación?

Pues parece que estás intentando cargártela. Qué boba soy –Angie incluso consiguió sonreír amargamente–. Debería haber recordado qué clase de persona eres.

–¿Me has oído? No me acosté con Nadia.

–¿Y ella lo sabe?

–Sigues sin creerme.

–¿Por qué iba a creerte? Amenazaste con dejarme por otra mujer y cumpliste tu amenaza.

Era irónico que los dos estuvieran desnudos, con las sábanas arrugadas como prueba de lo que acababa de pasar. Podrían estar vestidos y enfrentados en un juzgado.

–No hubo nada entre Nadia y yo.

–Me gustas más cuando no mientes. Te vi con mis propios ojos, así que deja de inventar historias.

Debería haberse marchado entonces porque era una buena frase, pero no se movió.

–Tú no pudiste vernos.

–Volví esa misma noche a Londres –dijo Angie entonces–. A mitad de camino cambié de opinión y volví a casa. Me había dado cuenta de que tenías razón... siempre resolvía los problemas de mi hermano cuando debería dejar que él se hiciera responsable de sus actos y me dije a mí misma que debería pensar en nosotros, en ti y en mí. De modo que volví a Londres, a la discoteca...

Aún podía verlo como si hubiera ocurrido el día anterior y seguía sintiendo la misma ansiedad que sintió entonces. Era el cumpleaños de un amigo de Roque y había invitado a un montón de gente para celebrarlo en una discoteca...

–Te vi con Nadia.

Roque se había quedado tan inmóvil que parecía no respirar siquiera. Estaba viendo lo que ella había visto, la escena que mató su matrimonio: la diminuta pista de baile casi a oscuras, Nadia con los brazos alrededor de su cuello, Roque abrazándola.

–No pasó nada.

–¿Crees que no sé cuándo estás excitado? Y lo estabas, Roque.

–¡No es cierto!

–¡Estabas besándola y acariciándola! –exclamó Angie–. ¡Os vi bailando y parecíais a punto de hacer el amor en la pista!

–Angie...

–Pero decidí ahorrarme una escena desagradable y salí de la discoteca sin decir nada. Dormí en casa de Carla y a la mañana siguiente me encontré con las fotos en las revistas. Nadia y tú seguíais abrazados mientras entrabais en su apartamento...

–Estaba borracha.

Ella respiró profundamente.

–Deja de mentir.

–No me acosté con ella...

–¡No mientas! –gritó Angie.

–Estaba borracha y la llevé a su casa, eso es todo. Luego volví al apartamento y me pasé la noche despierto, esperando a que mi mujer volviera a casa. Pero no volviste, así que empecé a llamar a todo el mundo. En el colegio de tu hermano no sabían nada de ti, Carla me dijo que no tenía noticias tuyas... –Roque se pasó una mano por la cara–. Ella sabía que estaba buscándote y me mintió. También yo vi las fotos en las revistas, pero seguía esperando que volvieras a casa, que me dieras una oportunidad de explicarte lo que había pasado.

–Ah, claro, qué conveniente.

–Me juzgaste y me condenaste sin escucharme siquiera. Y luego desapareciste durante meses, por eso creo que merezco una retribución, *minha esposa*.

–¿Tú mereces una retribución? –Angie soltó una carcajada incrédula.

–¿Sabes una cosa? Han pasado doce meses y esta conversación ya no tiene ningún sentido.

Después de decir eso, Roque entró en su cuarto de baño y cerró de un portazo.

Angie se pasó una mano por el pelo, dejando escapar una risa amarga. Acababan de tener una discusión feroz mientras los dos estaban desnudos.

Furiosa, entró en su cuarto de baño y cerró

también de un portazo. Pero tuvo que volver a salir para buscar el bolso.

Le demostraría de una vez por todas partes que no servía de nada mentir...

¿Estaría diciendo la verdad?, se preguntó entonces. No, se negaba a creerlo.

¿Dónde estaban sus altos principios morales? Había hecho el amor con él cuando aún creía que la había engañado. ¿Y dónde estaban los principios morales de Roque?

Menuda pareja, pensó, con los ojos llenos de lágrimas.

Si estaba diciendo la verdad, esos doce meses de angustia habrían sido por nada.

Pero era absurdo, no iba a creerlo. Era una mentira, simplemente.

Cuando Roque salió del baño, Angie se había puesto un jersey negro y estaba abriendo todos los cajones.

—¿Dónde está mi bolso?

Él la miró, en silencio, durante unos segundos. Con ese jersey que le llegaba por encima de los muslos estaba tan tentadora que se alegraba de llevar una toalla para disimular su reacción.

—No tengo ni idea.

—Si tú no sabes dónde está, tendré que llamar a alguien para que lo busque. Sé que estaba en el coche.

Roque se encogió de hombros mientras tomaba una camisa del armario.

–El servicio se habrá ido ya a la cama, es muy tarde. Vete a dormir, lo encontraremos por la mañana.

–Quiero mi bolso ahora –insistió Angie.

–Pues lo siento, pero no sé dónde está el maldito bolso.

Enfadado, tiró la toalla para ponerse un pantalón vaquero y Angie tuvo que apartar la mirada de sus bronceadas nalgas para seguir buscando el bolso.

Pero cuando se dio la vuelta, Roque, en vaqueros y camiseta blanca, el cabello despeinado, la miraba con los brazos cruzados.

–Explícame por qué necesitas el bolso de manera tan urgente.

–Quiero mi teléfono.

–¿Vas a dejarme otra vez, Angie? ¿Quieres llamar a un taxi? Esto no es Londres, los taxis no vienen en cinco minutos.

–Si quisiera marcharme, me habría ido ya. Iría andando hasta Lisboa si fuera necesario –replicó ella, fulminándolo con la mirada–. Pero no puedo marcharme porque tengo que pensar en mi hermano. Y quiero mi teléfono para que dejes de contar mentiras.

–No te entiendo.

–Ya lo sé.

Entonces, por fin, encontró el bolso, escondido tras un par de botas de invierno. Vació el contenido sobre una mesa y cuando encontró el móvil empezó a pulsar botones.

–Escucha esto –le dijo.

Y se quedó esperando mientras Roque se llevaba el móvil a la oreja. No lo miraba a la cara porque le daba igual lo que pensara o sintiera. Sencillamente esperó, mordiéndose los labios para evitar que le temblasen, sabiendo lo que él estaba escuchando.

A la propia Nadia confirmando la verdad sobre esa noche, doce meses antes. Nadia burlándose a través del buzón de voz, describiendo otras noches que Roque y ella habían pasado juntos mientras Angie estaba trabajando fuera de Londres.

Sin mirarlo, supo que el mensaje había terminado.

–Lo he guardado como prueba –le dijo–. Por si decidía soportar la humillación de que mis abogados lo usaran durante el proceso de divorcio... y no te molestes en borrarlo, lo he descargado en mi ordenador.

–Angie...

–Como tú mismo has dicho, estamos haciendo esto doce meses tarde –lo interrumpió ella, quitándole el teléfono de la mano.

–Nadia está mintiendo, *meu querida* –insistió él–. Nada de lo que cuenta es verdad.

–Bueno, en realidad ya da lo mismo –Angie volvió a guardar el teléfono en el bolso–. Si estás diciendo la verdad, ya has conseguido tu venganza. Y si Nadia dice la verdad, supongo que yo conseguí la mía al apartarte de mi vida.

Cuando lo miró se dio cuenta de que Roque parecía... atónito. Estaba muy pálido. Qué curioso, pensó, que verlo perder esa arrogancia suya le encogiera el corazón.

–Y ahora has vuelto...

Parecía estar hablando consigo mismo y parpadeó un par de veces, como intentando volver al presente.

–¿Sabes una cosa, Angie? Creo que me avergüenzo de ti.

–¿No me digas?

–Sí, así es. Soy tu marido, pero tú has preferido creer lo que dice Nadia, una mujer que sólo deseaba crear problemas entre los dos, en lugar de dejar que me defendiera.

–Te vi con ella en la discoteca, vi las fotografías en las revistas.

–Y recibiste un mensaje de alguien que estaba mintiendo porque le interesaba.

–Tú habías amenazado con reemplazarme esa

misma noche, ¿recuerdas? Tú, mi marido –le espetó Angie.

–Y tú tomaste la decisión de irte con tu hermano.

–Pero volví y te encontré con Nadia.

–Tú cambiaste de opinión y yo cambié de opinión sobre poner a otra mujer en tu lugar.

–Te vi con mis propios ojos, Roque. Estabas besándola.

–Sí, es cierto. La besé, pero no hubo nada más. Y tú hiciste la mitad del camino antes de volver a Londres.

¿Podría estar diciendo la verdad?, se preguntó Angie. Desde luego, tenía razón sobre el mensaje de Nadia, se había agarrado a él como prueba...

Sin decir nada, Roque salió de la habitación y cerró la puerta, llevándose su mal humor a otra zona de la casa. Y Angie no lo siguió. ¿Para qué? Los dos necesitaban calmarse un poco.

Cuando abrió uno de los cajones para sacar un camisón encontró algo guardado en papel de seda blanco. Algo suave con una etiqueta sujeta por un imperdible.

Mi primer chal, de Angelina de Calvhos, leyó.

No quería mirar lo que había dentro porque tenía la horrible impresión de que se pondría a llorar. Sin embargo, con el corazón encogido, apartó el papel de seda...

Sin terminar y mal tejido, allí estaba su primer intento de hacer ganchillo. Había pasado horas haciéndolo, aunque tuvo que destejerlo varias veces porque siempre se saltaba algún punto.

Se veía a sí misma sentada en el sillón de la casita de Cotswolds, donde Carla la había enviado cuando necesitaba refugiarse de la prensa.

Y de Roque, pensó mientras acariciaba la prenda. Carla había heredado la casa de una tía suya, pero no solía ir por allí y para Angie se había convertido en un refugio, un sitio donde esconderse de la mirada pública mientras curaba sus heridas y cuidaba de la diminuta vida que crecía en su interior.

Había encontrado las agujas, la lana y los patrones en un cajón y le había parecido buena idea ocupar el tiempo aprendiendo a hacer algo nuevo.

–No sé si es una buena terapia, cariño –le había dicho Carla–. Deberías volver al mundo real antes de convertirte en una de esas mamás gordas y aburridas. Tengo mucho trabajo para modelos embarazadas...

Pero no para ella, pensó Angie.

Una semana después de esa conversación había tenido que ingresar en el hospital, donde estuvo en cama para intentar evitar un aborto espontáneo. Un mes después había ocurrido de todas formas y ninguno de los médicos podía darle una razón más que la consabida: «Es cosa de la naturaleza».

Roque ni siquiera supo que había estado embarazada. No lo sabía ella misma hasta unas semanas después de que su matrimonio se hubiera roto. Y no se lo había contado a su hermano. Sólo Carla y el médico lo sabían y cuando todo terminó se alegró de habérselo guardado para ella misma.

Y no tenía intención de contárselo a Roque, pensó mientras doblaba el chal y volvía a guardarlo en el cajón. Ya tenían suficientes problemas sin añadir uno más. ¿Qué ganaría contándoselo?

Angie se metió en la cama y cerró los ojos, escuchando los latidos de su corazón, sintiendo como si estuviera sola en el mundo.

Roque no volvería a su cama esa noche. Estaban demasiado enfadados el uno con el otro y si le había dicho la verdad...

Pero cuando oyó el ruido de la puerta su corazón se aceleró. Un segundo después, Roque apartaba el embozo para meterse en la cama.

–Estás despierta.

Angie se dio la vuelta para mirarlo en la oscuridad. Estaba tumbado de espaldas, mirando el techo, y parecía tan sombrío que le habría gustado acariciar su cara.

–He estado pensando... –empezó a decir Roque entonces–. No sabemos comunicarnos, Angie. Y eso tiene que cambiar.

Ella asintió con la cabeza sin darse cuenta. Estaba concentrada en su acento, más marcado desde la discusión.

–No debería haberte cargado con mi amargura sobre lo que pasó. La broma sobre la retribución es imperdonable en estas circunstancias y te pido disculpas por ello.

–Roque...

–Déjame terminar –la interrumpió él–. Lo que pasó con Nadia siempre ha jugado en mi contra. Las mentiras que le contó a la prensa, el mensaje que te dejó en el móvil... yo no podía demostrar mi inocencia así que no dije nada, pero fue un error.

–Yo debería haber hablado contigo de todas formas –dijo Angie entonces.

–¿Después de vernos besándonos? –Roque giró la cabeza para mirarla en la oscuridad–. No, no era un beso que un hombre deba darle a nadie más que a su mujer. No debería haber ocurrido y tenías razón al sentirte engañada. Si yo te hubiera visto besándote con otro hombre, le habría partido la cabeza y luego te habría echado de mi vida sin escucharte siquiera, de modo que no puedo pedirte que seas comprensiva. Soy un hombre posesivo y no perdono la infidelidad. No me gusta compartir lo mío con nadie.

–Si con eso te refieres a mi hermano...

–Y a tu trabajo –dijo Roque–. Que te llevaba en una dirección mientras yo iba en dirección contraria. Tu hermano era una intrusión más que... a mí no me hacía ninguna gracia, es cierto.

–Alex es...

–Tu responsabilidad, ya lo sé. Y tampoco a él le gusta compartirte con nadie.

–Ya te advertí que sería una esposa horrible –Angie suspiró pesadamente–. No deberías haberte casado conmigo.

–Soy un arrogante y pensé que te convertiría en la esposa que buscaba. Además, no quería que fueras mi amante.

Angie frunció el ceño. Eso no explicaba por qué le había pedido que se casara con él o por qué había aceptado ella. Sí, bueno, la verdad era que estaba locamente enamorada de Roque. Debía de ser el síndrome del primer amor, pero habían tenido una relación emocionante y apasionada antes de convertirse en marido y mujer. ¿Por qué se habían molestado en casarse?

Y decía no creer en el divorcio, además. ¿Pero qué clase de hombre se casaba con una mujer para engañarla con otra unos meses después?

–Y estaba enamorado de ti –añadió Roque entonces, como si hubiera leído sus pensamientos.

Angie se quedó callada, recordando sus palabras de amor...

Pero enseguida recordó que esas palabras de amor se habían esfumado unos días después de la boda. Y sabía que, en cierto modo, era culpa suya porque había seguido con su vida sin pensar que las cosas habían cambiado, sin pensar que después de casarse los dos tenían que cambiar.

Se había dado cuenta demasiado tarde, cuando descubrió que estaba embarazada, dos semanas después de que su matrimonio se rompiera.

Sus ojos se llenaron de lágrimas al recordar el dolor y la soledad de esas semanas, cuando se escondió para lamer sus heridas.

–¿Estabas enamorado? –le preguntó–. ¿En pasado?

Roque vio un brillo de lágrimas en sus ojos. ¿Cómo se atrevía a preguntarle eso después de haberle hecho pasar por un infierno durante un año entero?

–¿Crees que debería seguir queriéndote?

Angie negó con la cabeza y a Roque se le encogió el corazón. Siempre ocurría lo mismo. No recordaba una sola ocasión en la que no hubiera querido gritarle para que reconociera de una vez lo que había entre ellos.

–*A esperança é a última que morre*.

–No sé lo que significa eso.

–Pues aprende portugués –dijo Roque, sin el menor remordimiento–. Duérmete, Angie.

–Estás enfadado conmigo, pero también yo estoy enfadada contigo. Y si vuelves a decirme lo que debo hacer...

Roque se movió a la velocidad del rayo y, un segundo después, Angie se encontró sobre su torso. Se miraron a los ojos durante un segundo y entonces, sin decir nada, él puso una mano en su nuca para empujar suavemente su cabeza.

Ni siquiera pensó en apartarse, al contrario. Le devolvió el beso y estaba tan concentrada que cuando sintió algo frío en la mano levantó la cabeza, asustada.

Le había puesto los anillos.

Había olvidado los anillos. Había olvidado que los tenía Roque.

–*A esperança é a última que morre* –repitió él. Y luego se puso de rodillas sobre la cama para apartar las sábanas–. ¿Qué demonios llevas puesto? –exclamó.

–Pensé que no vendrías a la cama esta noche.

Roque miró el voluminoso camisón y soltó una carcajada.

–Pareces la novia del conde Drácula, pero me gusta. Creo que es un atuendo apropiado para una novia que está a punto de vivir su noche de boda.

–Un poco tarde para eso –dijo Angie, intentando controlar un escalofrío de placer cuando él pasó la mano por su muslo–. Nuestra noche de boda ocurrió antes de que nos casáramos.

–No me estropees la fantasía –protestó él, deslizando las manos hacia arriba para acariciar sus pechos–. Ésta será nuestra nueva noche de boda y esta vez –Roque se detuvo para admirar los pezones marcados bajo la tela– tendremos la luna de miel que no pudimos tener cuando nos casamos.

–Pero...

–Nada de peros –la interrumpió Roque, poniendo una mano entre sus piernas para llevarla a un mundo de erotismo del que no volvió en mucho tiempo.

Después, Angie miraba la oscuridad que los envolvía esperando no haber cometido el mayor error de su vida al otorgarle el beneficio de la duda.

Capítulo 9

CON LOS brazos apoyados en la balaustrada de la terraza, Angie miraba la piscina, donde Roque nadaba como un tiburón.

Era muy temprano y hacía fresco. No sabía cómo podía aguantar tanto tiempo en el agua... claro que los tiburones eran de sangre fría, pensó, sin poder evitar una sonrisa.

Pero no había habido nada de sangre fría en las tres últimas semanas. No, al contrario, Roque se había convertido en un tiburón de sangre muy caliente, uno que hacía círculos a su alrededor y se lanzaba sobre ella cuando menos lo esperaba para devorarla en una fiesta de apasionada lujuria.

Lujuria, eso era. Ninguno de los dos había vuelto a mencionar la palabra amor.

Al verlo cruzar la piscina de lado a lado con esas largas brazadas sintió una punzada de deseo en el bajo vientre y recordó lo apasionado que había sido una hora antes...

Roque de Calvhos tenía la energía de diez hombres y casi nunca estaba parado. Cuando no le estaba enseñando Portugal, liberaba la excesiva energía lidiando con sus múltiples intereses profesionales por teléfono o vía Internet desde la oficina del primer piso.

Y cuando dejaba de trabajar la buscaba a ella.

Su segunda luna de miel estaba llena de pasión y de viajes repentinos. Roque la había llevado en su helicóptero a ver el río Duero, rodeado de colinas y viñedos, muchos de los cuales pertenecían a su familia. Habían navegado por el Algarve en su yate y, sobre todo, habían paseado por la finca, donde le mostró cómo se elaboraba un vino tan buscado como el d'Agostinho.

Roque se mostraba relajado y divertido, una faceta de él que rara vez había visto. Un año antes, los dos estaban demasiado ocupados encontrándose en Londres un día para despedirse al día siguiente. Eran más dos íntimos extraños que marido y mujer. Salvo en la cama.

Pero su nueva relación tampoco era normal, pensó Angie. No la había llevado a Lisboa para ir de compras, no habían comido en Tavares ni habían visto a su amigos, que era lo que solían hacer cuando estaban allí.

Y cuando le preguntó si iba a llevarla, Roque había fruncido el ceño, murmurando una vaga promesa antes de despedirse porque tenía que hacer unas llamadas urgentes.

Eso la sorprendió un poco, pero no había querido darle muchas vueltas.

En realidad, ella no quería ir de compras ni encontrarse con los amigos de Roque. Su vida había cambiado por completo en ese último año, sus deseos y sus necesidades habían cambiado también y tal vez a Roque le había pasado lo mismo, pensó. Pero estar metidos en aquella burbuja, protegidos de la realidad, no podía durar mucho tiempo. No podían seguir alejados del mundo para siempre.

De hecho, el mundo exterior empezaba a romper esa burbuja poco a poco.

El día anterior, Carla había llamado para hacerle una proposición que había despertado su interés, pero cuando se lo contó a Roque durante la cena él se había mostrado tan poco comunicativo que estuvieron a punto de pelearse por primera vez en tres semanas.

Angie le había dicho que, si iban a vivir permanentemente en Portugal, abrir una filial de CGM en Lisboa podría ser buena idea y sabía que diciendo eso estaba poniendo un sello de permanecía en su relación, dejando claro que estaba dispuesta a olvidar el episodio de Nadia.

Roque había empezado a hacer preguntas sobre la viabilidad del proyecto y, aunque terminaron a punto de enfadarse y se llevaron la discusión a la cama, la habían terminado de manera muy diferente.

Y allí estaba, levantada mucho más temprano de lo habitual, dispuesta a convencerlo de que...

Distraída por el sonido de un móvil en el jardín, Angie sonrió al ver que Roque salía de la piscina, sus músculos bronceados iluminados por el sol.

Guapísimo, pensó, mirándolo como si fuera una adolescente.

Vio que tomaba el móvil de la mesa y, chorreando agua, hablaba con alguien en portugués. Tenía que ser algo de negocios, pensó, viendo cómo incluso en bañador se convertía en una persona absolutamente diferente, en el ejecutivo que era.

Pero se quedó helada al escuchar:

—*Nadia, por que você nao escuta a mim?*

¿Nadia?

El resto de la frase no importaba y Angie no hubiera sido capaz de traducirlo de todas formas.

Roque seguía en contacto con Nadia.

Angie se apartó de la balaustrada, sintiendo el frío de la mañana a través del camisón de seda mientras escuchaba la impaciente voz de Roque, que estaba entrando en la casa.

El silencio la envolvió después como una manta que parecía ahogarla. No sabía qué hacer o qué pensar. Pero tal vez era otra Nadia, pensó. O tal vez Nadia significaba algo en portugués...

¿Estaría Nadia en Portugal? ¿Habría llamado a Roque para verlo?

«¿Estás loca, Angie?», se preguntó a sí misma. «Tú sabes que Nadia volvió a Brasil el año pasado y has creído a Roque cuando te dijo que todo era mentira».

—Está despierta, *senhora*...

Angie se dio la vuelta, sobresaltada, y vio a Maria con la bandeja del desayuno en la mano.

—Ah, sí, sí...

—¿Quiere desayunar aquí? —la joven sonrió mientras dejaba la bandeja sobre la mesa—. Hace un día muy bonito, ¿no?

—Muy bonito —repitió ella, sin saber lo que decía.

En cuanto le llegó el olor del té, Angie sintió una arcada y tuvo que salir corriendo al cuarto de baño.

—¡*Senhora*, está enferma! —exclamó Maria.

Pero Angie no podía parar. Tenía que llegar al baño lo antes posible para no vomitar allí mismo. Estaba cruzando el dormitorio cuando la puerta se abrió y Roque apareció en bañador, con una toalla al cuello. Tenía el ceño fruncido, como si estuviera enfadado.

–Tengo que irme a París esta tarde –le dijo.

¿Estaría Nadia en París?

Dejando escapar un gemido, Angie entró en el cuarto de baño. Oyó que Roque le decía algo a Maria y, unos segundos después, notó el brazo de la joven en su cintura. Y no se había sentido más agradecida por nada en toda su vida.

Vomitó en el inodoro, con la pobre Maria sujetando su pelo y Roque en la puerta. Podía notar su tono preocupado mientras hablaba con la chica y, poco después, sintió que Maria se apartaba y él ocupaba su lugar.

Angie querría empujarlo, decirle que no la tocase, pero no tenía fuerzas para hacerlo.

Roque le dijo algo a Maria que Angie no entendió. ¿Qué esperaba? Estaba en un país extranjero y ella no hablaba el idioma. Al contrario que Nadia, que era morena como él, exótica como él, que hablaba portugués como él...

Roque la llevó en brazos a la cama y la cubrió con el edredón. Angie cerró los ojos. Se sentía helada por dentro y por fuera.

–Voy a llamar al médico.

–¡No llames al médico! Vete de aquí –le espetó ella, apartando la mirada.

Roque estaba pensando en las veces que no había usado preservativo, las veces que no había tenido tiempo de ponérselo. Él no tenía experiencia con las náuseas matinales, pero el instinto le decía que era eso.

¿Qué otra cosa podía ser? Maria le había dicho que en cuanto sirvió el té, Angie salió corriendo y que un minuto antes estaba perfectamente, tomando el sol en la terraza.

–Angie...

–No quiero que venga el médico –insistió ella–. No lo necesito.

Roque dejó escapar un suspiro, alegrándose cobardemente de la interrupción porque así tendría tiempo para pensar. Tal vez estaba equivocado, tal vez la cena le había sentado mal o era algún virus.

Él no quería que estuviese embarazada todavía. Angie sólo tenía veintitrés años y había tenido que hacer de madre con Alex desde los diecisiete. Merecía un descanso, una oportunidad de ser ella misma. Y él quería descubrir más cosas sobre esa Angie que empezaba a relajarse al no tener que estar pendiente de su irresponsable hermano.

¿Estaría pensando lo que él estaba pensando? ¿Sería ésa la razón por la que le había dicho que se fuera? ¿Lo odiaría? ¿Desearía no haberlo dejado entrar en su vida?

Haberlo dejado entrar en su vida... en realidad,

la había chantajeado para que lo hiciera. La había intimidado. Sin olvidar su «deseo de retribución», recordó, sintiéndose culpable.

Angie se sentó en la cama entonces. Empezaba a encontrarse un poco mejor ahora que las náuseas habían pasado.

—¿Te importa darme un vaso de agua? —le preguntó, apartando el pelo de su cara.

Roque alargó una mano para tomar la jarra que había sobre la mesilla y llenar un vaso.

—Gracias.

No lo miraba. Quería que se fuera para poder descansar un poco, para vestirse, hacer algo. Necesitaba estar sola para pensar. No podía dejar de recordar esa conversación con Nadia y los titulares de las revistas un año antes: *El playboy y las dos supermodelos*.

Roque seguía mirándola, pero daba la impresión de que no sabía qué hacer o qué decir. Ese aire tan indeciso no le pegaba nada, pero en cualquier momento haría la conexión entre las náuseas y su conversación telefónica.

—Has dicho que te ibas a París —murmuró Angie por fin.

—He recibido una llamada y tengo que acudir a una reunión... pero eso ya no importa. ¿Se te ha ocurrido pensar que podrías estar embarazada?

Angie levantó la barbilla, sus ojos verdes como

piscinas esmeraldas en su pálido rostro. Era lo último que esperaba que dijera.

—No estoy embarazada. Tomo la píldora.

¿Tomaba la píldora? ¿Por qué no se lo había dicho?, se preguntó Roque.

—Pero...

—¿Cómo se te ha ocurrido algo así?

—Te he visto vomitar y he pensado que podría ser eso.

—Pues no lo es —Angie dejó el vaso sobre la mesilla—. Y si quieres encontrar una razón para que esté enferma, cúlpate a ti mismo.

—¿Cómo?

—Si me dejaras dormir un par de horas, sin tocarme, tal vez no me encontraría mal... y no me mires como si acabara de clavarte un cuchillo en la espalda.

Roque hizo una mueca.

—Bueno, entonces tal vez el viaje a París sea necesario después de todo. No te preocupes, durante las dos próximas noches podrás dormir todo lo que quieras.

¿Estaría Nadia esperándolo en París?, se preguntó Angie.

—No me despiertes cuando te marches —murmuró, cerrando los ojos.

Pero Roque no se movió de su sitio y ella sintió que se le encogía el corazón.

Embarazada. ¿No tenían suficientes problemas sin añadir uno más?

–Márchate, por favor –le dijo, con los ojos llenos de lágrimas–. Tengo sueño.

–Ah, perdona si te molesto –replicó él.

Angie lo oyó salir de la habitación y se tapó la cabeza con la sábana. Debería haberle preguntado por Nadia directamente. Debería hacerlo y de ese modo podría olvidarse de ella. Pero no podía, tenía miedo.

¿Y si Roque admitía que seguía con Nadia? ¿Y si había oído mal? ¿Y si Roque se alegraba de la excusa que acababa de ponerle en bandeja para marcharse de allí y verse con su amante en París?

Roque se cortó mientras se afeitaba y soltó una palabrota, enfadado. ¿Qué clase de marido era que no podía portarse de manera cordial con su mujer cuando se encontraba mal?

Arrogante, insensible, pensó, mientras intentaba seguir afeitándose sin cortarse.

¿Y qué clase de hombre dejaría sola a su mujer cuando se encontraba mal?

Ofenderse porque Angie lo había culpado a él de su malestar era infantil y debería avergonzarse de sí mismo.

Y no iba a París, era mentira. Tenía que hablar

con Nadia en Lisboa. Había retrasado ese encuentro durante demasiado tiempo porque no quería arriesgarse a que Angie se enterase...

Roque hizo una mueca ante esa rara muestra de cobardía por su parte. Tarde o temprano Angie se enteraría y debería decírselo él antes de que se enterase por otra persona.

Después de vestirse volvió al dormitorio con la intención de decirle que no iba a París, pero al ver que estaba dormida se quedó mirándola un momento con una sonrisa en los labios. La última vez que la encontró así estaban en el apartamento de Londres y Angie creía que dormirían en habitaciones separadas...

Entonces se había portado como un canalla, pensó. Pero las cosas habían cambiado. Ahora era su marido de nuevo, de modo que la dejaría dormir y la llamaría desde Lisboa para decirle dónde estaba.

Roque salió de la habitación en silencio, como un ladrón escapando de la escena del crimen.

Angie se sentó en la cama en cuanto la puerta se cerró, echando humo por las orejas. Ni siquiera se había molestado en despedirse.

Esperaba que su elegante avión privado no pudiese despegar, que estuviera encerrado allí durante horas. Esperaba que...

Al oír el motor de un coche saltó de la cama para

asomarse a la terraza y cuando vio que el Ferrari rojo se alejaba sendero abajo sus ojos se llenaron de lágrimas. No sabía por qué.

Su móvil empezó a sonar en ese momento y, suspirando, se dio la vuelta para contestar.

—Buenos días —escuchó la voz de Carla—. ¿Qué me dices? ¿Estás dispuesta a dejar de hacerte la esposa mimada y trabajar en el proyecto de Lisboa?

—Sí —contestó Angie. Decir que no o que aún no lo sabía complicaría demasiado la conversación y no estaba preparada para eso—. Estaba pensando ir a ver locales esta misma mañana. ¿Tienes algo en mente, alguna zona en concreto?

—Se supone que eres tú quien conoce Lisboa, cariño. Yo sólo he estado allí un par de veces —contestó Carla—. Una zona elegante, supongo. ¿Por qué no le preguntas a Roque, ya que esto es idea suya? Lo único que yo he hecho es decir que sí.

—¿Esto es idea de Roque? —exclamó Angie.

—¿No te lo ha dicho? —por una vez, la serena Carla no parecía tan serena.

—No —respondió Angie abruptamente.

—Vaya, entonces creo que he hablado antes de tiempo. Roque quería algo para que tú no te aburrieras en Portugal, cariño. Y la verdad es que yo no quería perderte, así que pensé: si Roque está dispuesto a financiar el proyecto, ¿por qué no abrir una filial en Lisboa? El exótico look mediterráneo está de moda ahora y contigo al timón, buscando nuevos talentos, podríamos ir por delante de nuestros competidores. Y hablando de modelos mediterráneas, ahora que Roque y tú habéis resuelto vuestras diferencias, ¿qué te parece si Nadia se une a nosotros en esta aventura?

¿Nadia? Angie miró el teléfono, atónita.

—¿Por qué Nadia precisamente?

—Porque vive en Lisboa —contestó Carla—. No me digas que Roque tampoco te ha contado eso.

—No.

—Bueno, tal vez ha pensado que no tenía importancia. Después de todo, tú debes de saber que no se acostó con Nadia o no estarías con él, ¿verdad?

¿Roque sabía que Nadia estaba en Lisboa?

—Claro —murmuró Angie, sin saber lo que decía.

—Entonces piensa lo de Nadia. Nos vendría muy bien ya que habla el idioma. Y como tú, ahora mismo no tiene mucho que hacer.

—¿Ya no trabaja como modelo? —Angie hizo un esfuerzo sobrehumano para disimular su angustia.

—¿Tampoco lo sabes? Nadia dejó de trabajar el año pasado, cuando quedó embarazada. Creo que el niño tiene un par de meses.

Angie empezaba a ponerse enferma de nuevo. Y

el frío que sentía por dentro era un frío que no iba a desaparecer.

–¿Tienes su dirección, su número de teléfono?

–Sí, claro. Espera un momento... ah, aquí está. Suena muy elegante: el palacio de Ribeiro. Está en...

Angie cortó la comunicación y tiró el teléfono como si le quemase. El palacio de Ribeiro era la dirección de Roque en Lisboa.

Y Nadia vivía en casa de Roque.

No podía estar más claro.

Ahora entendía que no la hubiera llevado a Lisboa en esas tres semanas.

Y Nadia tenía un hijo.

¿El hijo de Roque?

Angie tuvo que correr al baño de nuevo y esta vez le dolió porque vomitaba con el estómago vacío. Cuando por fin volvió al dormitorio se sentó en la cama con los ojos cerrados, sintiendo que el mundo daba vueltas. Pero entonces se le ocurrió un pensamiento aterrador.

¿Y si Roque tenía razón?

«No, no, por favor». No podía ser.

Pero ya estaba levantándose para buscar el teléfono. Con manos temblorosas, miró su calendario personal y, un minuto después, se dejaba caer sobre la cama de nuevo, con los ojos llenos de lágrimas.

Capítulo 10

CUANDO estaba a medio camino, Roque pisó el freno con tal brusquedad que estuvo a punto de provocar un accidente.

–*Mae de Deus*...

Angie había escuchado su conversación con Nadia.

Soltando palabrotas en varios idiomas, miró alrededor y se arriesgó a dar la vuelta en plena autopista para volver a la finca mientras los otros conductores protestaban tocando el claxon.

Pero él no estaba prestando atención a los demás conductores.

Maria había dicho que Angie estaba en la terraza cuando se puso enferma. Su mujer había decidido levantarse temprano y estaba en la terraza mientras hablaba con Nadia...

Con los dientes apretados, intentó recordar lo que había dicho, pero no recordaba nada en absoluto. Aunque daba igual, pensó, seguramente ha-

bía dicho su nombre y Angie lo había oído. Eso
era lo que la había puesto enferma.

Apretando el volante con fuerza, Roque pisó
el acelerador.

Angie salía del vestidor cuando Maria entraba
en la habitación.

–¿Va a salir, *senhora*? –le preguntó la joven
con cara de sorpresa, algo lógico ya que la última
vez que la había visto estaba vomitando sobre el
inodoro.

Ya recuperada, se había puesto un elegante
vestido de lino blanco con un cinturón verde de
piel. La tela se ajustaba a su figura a la perfección
y tenía *haute couture* escrito en cada costura invisible. El escote era cuadrado y la falda llegaba
por la mitad de los muslos. Y los zapatos verdes
de tacón aumentaban su estatura al menos diez
centímetros.

–Voy a Sintra –contestó Angie–. ¿Te importa
pedirle a Antonio que saque el Range Rover del
garaje?

–¿Quiere que Antonio la lleve, *senhora*?

–No, conduciré yo misma –respondió ella.

Tenía que hacer aquello sola. Iba a Sintra a
buscar una farmacia para comprar una prueba de

embarazo. Y tenía que ponerse su armadura de modelo para poder funcionar sin hacerse pedazos.

–Si quiere, puedo ir con usted –se ofreció Maria, nerviosa–. O podría esperar al señor De Calvhos. Él volverá pronto de Lisboa y...

¿Lisboa? Angie arrugó el ceño.

–¿No se había ido a París?

–No, no, se ha ido a Lisboa –insistió Maria–. Dijo que tenía una reunión pero volvería lo antes posible porque... porque usted estaba enferma.

De modo que el viaje a París era otra mentira...

–Dile a Antonio que saque el coche, por favor –le pidió Angie, respirando agitadamente.

–Sí, *senhora* –la joven salió a toda prisa de la habitación, dejándola sola para soportar ese nuevo golpe.

De alguna forma, no sabía cómo, encontró fuerzas para salir de la habitación y bajar a la puerta. El cielo era azul y todo tenía un aspecto brillante, fabuloso: el verde de los jardines, el violeta de las buganvillas en contraste con los muros de color albaricoque, el brillante Range Rover negro frente a los escalones del porche...

No recordaba haber subido a él, no recordaba haber arrancado siquiera. Estaba concentrada en encontrar el camino a Sintra en un coche que no había conducido nunca por una carretera que le resultaba tan extraña como el marido en el que había puesto toda su fe.

Roque frenó un poco para atravesar la verja de la quinta d'Agostinho y después pisó el acelerador para atravesar el túnel de árboles. Cuando salió a la luz del sol unos minutos después vio su casa, sólida y segura en el elegante jardín rodeado de árboles.

Miró hacia la terraza, situada directamente sobre la piscina, y cuando imaginó a Angie allí, escuchando su conversación con Nadia, sintió que se le encogía el estómago.

Pero esa sensación no era nada comparada con la que experimentó cuando llegó al garaje y vio que faltaba el Range Rover. Nervioso, entró en la casa y llamó a Zetta a voces. El ama de llaves apareció de inmediato en el vestíbulo.

—Señor De Calvhos...

—¿Dónde está el Range Rover?

Zetta se frotó las manos, nerviosa.

—La *senhora* se lo ha llevado. Maria dice que ha ido a Sintra.

¿A Sintra? Roque dejó escapar un suspiro de alivio. Por un momento, casi se había convencido a sí mismo de que Angie había vuelto a dejarlo plantado, que iba camino al aeropuerto para desaparecer otra vez de la faz de la tierra.

–¿Por qué ha ido a Sintra, te lo ha dicho?

–Me parece que Maria no le ha preguntado –contestó Zetta–. Estaba más preocupada porque la *senhora* iba a conducir con esos zapatos de tacón alto...

Roque frunció el ceño.

–¿Estás diciendo que no la ha llevado Antonio?

–La *senhora* quería ir sola.

–Pero ella no conoce el coche ni las carreteras. Y no suele conducir en Londres y... *mae de Deus* –la voz de Roque se rompió–. No se encuentra bien.

Dos horas después, reconociendo que se había perdido, Angie detuvo el coche en el arcén y se dejó caer sobre el asiento con un suspiro de derrota.

Había llegado a Sintra siguiendo los carteles de la autopista sin ningún problema. Incluso encontró aparcamiento en la ciudad y una farmacia donde había comprado la prueba de embarazo que llevaba en el bolso. Hasta el momento todo estaba siendo más fácil de lo que había esperado, pero pronto descubrió que volver a la finca d'Agostinho era una cuestión totalmente diferente.

La finca de Roque no estaba señalizada y había que conocer el camino para llegar allí. Había pensado que tarde o temprano vería algún cartel indicador o alguna zona que le resultase familiar, pero no había sido así.

Hacía calor y, suspirando, se levantó el pelo de la nuca para refrescarse un poco. Sobre el asiento había una botella de agua mineral que había comprado prudentemente en Sintra y, a su lado, el móvil. Pero no había cobertura en aquella zona y, enfadada después de intentarlo un par de veces, lo había apagado.

Con pocas esperanzas de que hubiera señal, Angie volvió a encenderlo y en cuanto lo hizo empezaron a sonar pitidos informando de que tenía mensajes de entrada. Había varios de Roque, un par de ellos de Carla e incluso uno de su hermano, que la llamaba un par de veces por semana desde que estaba en Brasil para decirle que todo iba bien. No sabía si era verdad o no, pero confiaba en que así fuera.

Cuando iba a llamar a Roque sonó el teléfono. Era él, por supuesto.

–¿Angie? *Graças a Deus.* ¿Se puede saber dónde demonios estás?

–Me he perdido –admitió ella–. No sé dónde estoy... sobre una colina.

–¿Por qué no has llamado antes?

–Porque no había cobertura hasta ahora –contestó Angie, como si hablara con un extraño y no con el mentiroso y el canalla de su marido.

–Muy bien, te has perdido. Activa el GPS y dime qué dice. Yo iré a buscarte enseguida.

–Pero yo no quiero que vengas a buscarme –replicó Angie.

–¿Cómo que no? –explotó Roque–. ¿Sabes los problemas que has provocado por perderte? Maria está llorando y yo estaba a punto de llamar a la policía. Sólo una loca se atrevería a conducir por unas carreteras que no conoce, así que enciende el maldito GPS ahora mismo...

La conexión se cortó y Roque soltó una retahíla de palabrotas. Perdida en las colinas... ¿en qué colinas? Portugal estaba llena de ellas.

Nervioso, se pasó una mano por el pelo. Llevaba horas fuera de casa, de modo que podría estar en cualquier sitio.

¿Por qué habría hecho esa locura?, se preguntó mientras volvía a marcar su número.

Angie oyó que sonaba el móvil pero no contestó, ocupada pulsando botones hasta que al fin consiguió encender el GPS. Pero en el mapa no aparecía nada más que una carretera y toda la información estaba en portugués. De modo que no le servía para nada.

Pero el móvil seguía sonando y, por fin, contestó.

–He encendido el GPS, pero...

–Angelina, estoy a punto de perder la paciencia –la interrumpió Roque–. ¡Y no vuelvas a colgarme!

–Todo está en portugués –siguió ella, como si no lo hubiese oído–. Vas a tener que decirme lo que debo hacer.

–Muy bien, vamos a buscar una carretera que lleve a la autopista. Pon el manos libres para que pueda ir indicándote.

Angie hizo lo que le pedía y, en cierto modo, le parecía reconfortante escuchar la voz de Roque en el coche mientras conducía. Aunque no sabía por qué.

Tal vez era una cuestión de supervivencia, pensó.

Unos minutos después, un Ferrari rojo la adelantaba y se colocaba delante del Range Rover.

–¿Eres tú? –le preguntó, sorprendida.

–Sí, soy yo.

–¿Qué haces aquí?

–He venido para que no vuelvas a perderte antes de que pueda estrangularte, *meu querida* –respondió Roque, burlón.

–Vete al infierno, *meu querido* –replicó Angie, apagando el móvil.

Sería mejor hacer el resto del viaje siguiendo el Ferrari y sin tener que escucharlo.

Le había mentido, la engañaba con otra mujer, pensó, con el corazón en la garganta. En cuanto llegase a la casa haría las maletas y se marcharía.

Le dolía la cabeza, no había comido nada en todo el día y tenía la prueba de embarazo guardada en el bolso. Y Roque tenía a su amante esperándolo en Lisboa.

Un sollozo escapó de su garganta mientras atravesaba la verja de la finca y luego el túnel de árboles. Cuando salió de nuevo al sol, dos lágrimas rodaban por sus mejillas.

Angie detuvo el coche en la entrada de la casa y apartó las lágrimas con una mano mientras con la otra se quitaba el cinturón de seguridad.

Estaba a punto de abrir la puerta cuando se abrió de golpe. Roque estaba allí, con un aspecto menos inmaculado que de costumbre.

Y se permitió a sí misma mirarlo por última vez. Su rostro de rasgos esculpidos, la piel dorada, esos hermosos ojos oscuros...

Sin decir nada, Roque le ofreció su mano para bajar del coche pero Angie bajó por su cuenta, sin mirarlo.

—No me toques —murmuró, mientras se dirigía a los escalones del porche.

Apretando los puños, Roque vio que estaba a

punto de torcerse un tobillo en su prisa por alejarse de él.

–Por el amor de Dios, ten cuidado...

Sin hacerle caso, Angie cruzó el amplio vestíbulo y corrió escaleras arriba, el vestido blanco marcando sus curvas y el pelo rojo flotando tras ella. Esos zapatos eran demasiado altos y la escalera de mármol resbaladiza, pensó Roque, angustiado. Y había visto que tenía los ojos llenos de lágrimas antes de que saliera corriendo...

–¡Para de una vez o te vas a caer! –exclamó.

Angie había llegado al rellano para entonces y se volvió para apoyarse en la barandilla, fulminándolo con la mirada.

Pero al mirarlo volvió a sentir la injusta y absurda atracción que sentía siempre. Con un pie sobre el primer escalón y la mano en la barandilla como si estuviera acariciando la madera, todo en él era sensual, desde el cabello oscuro despeinado a la camisa de rayas, el rictus de su boca, los ojos profundos y oscuros...

–Eres un mujeriego y un canalla –le espetó.

–Puedo explicarte lo de Nadia...

–¡No te atrevas a pronunciar ese nombre delante de mí! –lo interrumpió ella–. No sé por qué no te casaste con esa mujer ya que es evidente que no puedes vivir sin ella.

–Lo que oíste desde la terraza esta mañana...

–¿Crees que quiero una explicación? –volvió a interrumpirlo Angie–. Es demasiado tarde, Roque. Lo sé todo sobre Nadia y su hijo, sé que los tienes escondidos en tu apartamento de Lisboa.

La expresión de Roque cambió por completo.

–Angie...

–No te atrevas a subir, no quiero volver a verte, no quiero hablar contigo. No quiero que vuelvas a acercarte a mí en toda tu vida.

Después de decir eso, Angie corrió hacia la habitación. Le gustaría tirarse sobre la cama y llorar hasta que no le quedasen lágrimas, pero sabiendo que Roque la seguiría se encerró en el cuarto de baño.

Cuando salió de nuevo, después de lo que le parecieron horas bajo la ducha, llevaba puesto un albornoz y el deseo de llorar había desaparecido; de hecho, se sentía completamente vacía, como si no fuera ella misma.

Suspirando, entró en el vestidor y abrió el cajón en el que estaba guardado el chal envuelto en papel de seda. El chal que había tejido cuando...

Tal vez fue el destino lo que hizo que Roque se acercase en ese momento, pero Angie no se dio cuenta hasta que puso una mano sobre el armario, atrapándola con su cuerpo. También él se había duchado porque olía a gel y llevaba un albornoz a juego con el suyo.

–Vamos a dejar unas cuantas cosas claras –empezó a decir–. Nadia no es mi amante y su hijo no es mi hijo. No vive en mi apartamento de Lisboa, vive en el apartamento de abajo con el padre de su hijo. Es un brasileño muy rico que estaba casado... por eso se mudaron a Portugal a toda prisa, para evitar a la prensa.

Angie no dijo una palabra y Roque respiró profundamente.

–Sé que debería habértelo contado antes –siguió–, pero he sido un estúpido y un arrogante. Y hace tres semanas quería conservar a Nadia como arma contra ti por si volvías a hacerme daño. No veía por qué tenía que defenderme de algo que no había hecho, pero desde entonces he tenido oportunidad de decirte que Nadia estaba en Lisboa... y me guardé esa información para mí mismo, como un cobarde.

Cuando Angie se mantuvo en silencio, incluso después de haberle confesado su cobardía, Roque le preguntó:

–¿No vas a decir nada? Aunque sólo sea: «Te odio».

–Estoy embarazada –murmuró Angie por fin.

Roque permaneció tanto tiempo en silencio que pensó que no la había oído.

–He dicho que estoy embarazada.

–Te he oído.

–Fui a Sintra a comprar una prueba de embarazo y ahora no hay duda. Estoy embarazada...
otra vez.

Angie parpadeó para controlar las lágrimas, esperando su reacción.

–Explícame eso de «otra vez» –dijo Roque, sin
mover un solo músculo.

–Me da miedo de que vuelva a pasarme lo que
me pasó la primera vez.

Él la miró, desconcertado y asustado. ¿Había
estado embarazada y no se lo había dicho? No sabía si debía preguntar, si Angie querría hablar de
ello... y lo que había roto su matrimonio seguía
allí, entre los dos.

–Le he comprado el apartamento al marido de
Nadia esta mañana. Han decidido irse a vivir a
España.

–Qué bien –murmuró Angie, haciendo una
mueca.

Roque no quería hacerle daño ignorando lo
que acababa de contarle; al contrario, estaba intentando limpiar el aire.

–El marido de Nadia no sabía que ella hubiera
intentado romper nuestro matrimonio antes de co-
nocerlo y no le ha hecho gracia. Pero me he dado
cuenta de que está realmente enamorado. Lo sé
porque... yo sé lo que es amar a alguien tan deses-
peradamente que estás estancado en ese amor para

toda la vida –Roque dejó escapar un suspiro–. Yo no quería que tu hermano se interpusiera entre nosotros, Angie. No quería que tu carrera tuviera precedencia sobre la mía. Besar a Nadia en la discoteca fue un error y cuando el resultado me explotó en la cara y tú me dejaste, recibí lo que merecía. No te he dado más que problemas y disgustos.

–No... –Angie tomó su cara entre las manos–. Yo no fui una buena esposa. Y dejé que Alex se interpusiera entre nosotros desde el primer día. Estaba locamente enamorada de ti, pero no sabía cómo amarte y lo siento mucho. Debería haberte contado lo del niño... tú tenías derecho a saberlo, pero me escondí.

–Porque yo te había defraudado.

Ella negó con la cabeza.

–Nos hemos defraudado el uno al otro, Roque. Yo debería haberte dado la oportunidad de explicarme lo de Nadia.

–No, es culpa mía –insistió él–. Te defraudé porque no estuve a tu lado cuando más me necesitabas. He sido un marido espantoso, Angie, el peor de todos. Y ahora estás embarazada de nuevo.

–Y asustada –repitió ella.

Roque la tomó en brazos para llevarla a la cama y se tumbó a su lado.

–Tienes que dejar de pensar que va a ocurrir algo malo.

–Muy bien –asintió ella.

–Deja que yo me preocupe por ti –Roque levantó una mano para acariciar su pelo–. Tú piensa en cosas agradables a partir de ahora. Pasaremos por esto juntos, como deberíamos haber hecho la primera vez.

Angie asintió de nuevo.

–Y nada de correr con esos taconazos, nada de perderte por las carreteras y nada de pelearnos por Nadia. De hecho, no vamos a pelearnos nunca más.

–Muy bien –dijo ella.

–Y mañana, a primera hora, iremos al médico. Si es necesario, iremos a Londres a consultar con un especialista...

–Espero que para entonces me hayas dado de comer –lo interrumpió Angie–. No he comido nada en todo el día y estoy mareada.

–¿Por qué no lo has dicho antes? –Roque iba a levantarse, pero ella lo sujetó del brazo.

–No, espera. Me gusta que me abraces. Me hace sentir... segura.

–Y amada –dijo él–. La palabra que buscabas es amada, Angie.

–Amada y segura entonces –asintió ella, sus preciosos ojos verdes llenos de lágrimas–. Te quiero tanto –susurró–. Lo he pasado tan mal pensando que te había perdido para siempre.

Roque la abrazó con fuerza y buscó sus labios para besarla con increíble ternura.

Pero el beso pronto dejó de ser tierno para volverse apasionado. Siempre les ocurría lo mismo. Sus piernas se enredaron y a los dos les costaba trabajo respirar... de modo que Angie se quedó sorprendida cuando él se echó hacia atrás.

—No podemos —empezó a decir Roque, con voz ronca—. Tenemos que pensar en el niño.

Angie no sabía qué decir. Y tampoco sabía cómo iban a estar ocho meses sin dejarse llevar por el deseo que sentían el uno por el otro... si tenían la suerte de que el embarazo llegase a buen término.

—Tendremos que practicar el autocontrol hasta que sepamos que no hay peligro para el niño.

—O podríamos ir a un ginecólogo ahora mismo para preguntarle si podemos... hacerlo.

Roque la miró, con un brillo burlón en sus ojos oscuros.

—Eres insaciable, bruja —bromeó—. Pero tienes razón, primero comerás algo y luego iremos a Lisboa a buscar un ginecólogo.

El agua era una delicia, cálida y jabonosa. Angie estaba en la bañera sintiéndose como una exótica sirena siendo atendida por su esclavo.

–Si esto crece mucho más, tendremos que instalar una bañera más grande –se quejó Roque mientras pasaba una mano por su abultado abdomen.

–A ti te encanta que esté así de gordita –bromeó Angie–. Y te encanta bañarte conmigo.

Roque se tumbó a su lado, su cuerpo moreno en contraste con el pálido de ella.

–Me encanta mi voluptuosa sirena –murmuró, acariciando sus pechos, que habían aumentado de tamaño en los últimos meses.

Angie cerró los ojos, dejando escapar un suspiro de placer cuando la mano se deslizó hacia abajo para perderse entre sus muslos.

–Bésame –le ordenó.

Y su guapo esclavo obedeció. Todo era tan bonito que, echándole los brazos al cuello, Angie murmuró:

–Te quiero.

–Demuéstramelo –la animó Roque.

Y ella lo hizo, sin restricciones. Durante los primeros meses habían tenido que controlarse pero, por fin, Angie aceptó que no iba a perder el niño como le había ocurrido la primera vez. Y aquellos últimos meses habían sido los más maravillosos de su vida. Durante el día, hacían planes para el niño y las noches estaban llenas de pasión, la pasión de un hombre que la amaba más de lo que hubiera creído posible.

Le encantaba sentir cómo su pulso se aceleraba por ella y ver un brillo de fiero deseo en sus ojos. Le encantaba cuando la abrazaba y se olvidaban de todo salvo de ellos mismos.

Angie levantó una mano para tocar sus labios y sonrió con ternura cuando Roque los besó. Pero un segundo después dejó de sonreír para ahogarse en él y en lo que la hacía sentir.

Más tarde, en la cama, con la luz de la luna asomando por la ventana, Angie sintió que el niño le daba una patada y sonrió cuando Roque intentó calmarlo pasando una mano por su abdomen.

–Y pensar que estuvimos a punto de perdernos todo esto –murmuró.

No parecía posible que hubieran estado a punto de romper definitivamente.

–*A esperança é a última que morre* –murmuró Roque.

–Esa frase la has dicho ya alguna otra vez. ¿Qué significa?

–La esperanza es lo último que se pierde –tradujo él.

Y Roque nunca había perdido la esperanza.

–¡Roque, ven a ver esto! –lo llamó Angie, apoyada en la balaustrada de la terraza.

Cuando sintió la mano de Roque en la cintura,

Angie señaló a su hermano, que estaba sentado frente a la piscina, con su hijo sobre las rodillas.

Alex leía algo en voz alta mientras su hijo Luis, de seis meses, miraba a su tío con atención.

–¿Crees que hemos tenido un genio? –bromeó Roque.

–Se llevan de maravilla –Angie sonrió–. Mi guapo hermano, que por fin se ha hecho adulto, y mi precioso hijo.

–Ah, otra vez siento que me dejas fuera –protestó Roque.

–Cariño... –Angie se volvió para mirarlo–. Tres, tengo tres hombres exigentes a los que atender.

–Y te encanta –dijo él–. Tu precioso hijo te ha tenido para él solo toda la mañana, tu guapo hermano te ha tenido toda la tarde. ¿Cuándo me toca a mí?

Como si no lo supiera, pensó ella, riendo mientras Roque la llevaba a la habitación.

Pero lo miró, interrogante, cuando cerró la puerta de la terraza y corrió las cortinas.

–Intento ahorrarte un mal rato porque sé que eres muy ruidosa –le explicó él.

Angie se puso colorada.

–Y tú...

–Yo estoy loco por ti –la interrumpió Roque, silenciándola con un apasionado beso.

Bianca™

Era la princesa de un país enemigo…

El príncipe Cristiano di Savaré no tenía escrúpulos a la hora de conseguir sus propósitos. Su objetivo del momento, Antonella Romanelli, formaba parte de una dinastía a la que él despreciaba…

Antonella se vio turbada por el poderoso atractivo de Cristiano. Sin embargo, no se fiaba de él. Pero Cristiano tenía un plan para lograr que se sometiera a sus deseos. Si para conseguirlo tenía que acostarse con ella, su misión sería aún más placentera…

El príncipe y la princesa
Lynn Raye Harris

El príncipe y la princesa

Lynn Raye Harris

¡YA EN TU PUNTO DE VENTA!

Acepte 2 de nuestras mejores novelas de amor GRATIS

¡Y reciba un regalo sorpresa!

Oferta especial de tiempo limitado

Rellene el cupón y envíelo a
Harlequin Reader Service®
3010 Walden Ave.
P.O. Box 1867
Buffalo, N.Y. 14240-1867

¡Sí! Por favor, envíenme 2 novelas de amor de Harlequin (1 Bianca® y 1 Deseo®) gratis, más el regalo sorpresa. Luego remítanme 4 novelas nuevas todos los meses, las cuales recibiré mucho antes de que aparezcan en librerías, y factúrenme al bajo precio de $3,24 cada una, más $0,25 por envío e impuesto de ventas, si corresponde*. Este es el precio total, y es un ahorro de casi el 20% sobre el precio de portada. ¡Una oferta excelente! Entiendo que el hecho de aceptar estos libros y el regalo no me obliga en forma alguna a la compra de libros adicionales. Y también que puedo devolver cualquier envío y cancelar en cualquier momento. Aún si decido no comprar ningún otro libro de Harlequin, los 2 libros gratis y el regalo sorpresa son míos para siempre.

416 LBN DU7N

Nombre y apellido	(Por favor, letra de molde)

Dirección	Apartamento No.

Ciudad	Estado	Zona postal

Esta oferta se limita a un pedido por hogar y no está disponible para los subscriptores actuales de Deseo® y Bianca®.
*Los términos y precios quedan sujetos a cambios sin aviso previo.
Impuestos de ventas aplican en N.Y.

SPN-03   ©2003 Harlequin Enterprises Limited

Deseo™

Un cambio de vida

MAUREEN CHILD

No había visto en su vida a Tula Barrons ni mucho menos se había acostado con ella. Sin embargo, Simon Bradley, un hombre multimillonario, aceptó que ella y su primo, un bebé que ella afirmaba que era de Simon, vivieran en su mansión hasta que tuviera pruebas de si él era el verdadero padre.

Pero al vivir con Tula bajo el mismo techo, Simon se enteró de algo inesperado: era la hija del hombre que había estado a punto de arruinarlo. La oportunidad era perfecta para vengarse. Seduciría a Tula y se quedaría con el niño al que ella tanto quería.

¿Perdería lo que más le importaba si tenía éxito?

¡YA EN TU PUNTO DE VENTA!

Bianca

Ella había pensado que aquel matrimonio podía ser un acuerdo perfecto

Cuando Elaine hizo aquella proposición matrimonial a Marco de Luca, pensó que podía mantenerse fría y distante. ¡Qué equivocada estaba! Aquel magnate implacable sabía adivinar lo que había bajo su recatada apariencia, y sacarla de quicio.

Marco le había dejado claro que era un hombre chapado a la antigua. Si accedía a casarse, quería una deslumbrante belleza a su lado, obediente y dispuesta... día y noche.

Una atrevida proposición

Maisey Yates

¡YA EN TU PUNTO DE VENTA!